蝶の墓標

Le Tombeau du papillon
Sayoko Yayoi

弥生小夜子

東京創元社

目次

蝶の墓標

登場人物

八木里花……シングルマザーの塾講師
八木洋平……里花の息子。小学二年生
鈴林夏野……里花の母親違いの姉
藤田由子……夏野の母
新田瑞葉……夏野の友人
新田佳苗……瑞葉の妹
田中真美……佳苗のクラスメイト
笹塚智巳……瑞葉の小学校時代のクラスメイト
山辺満利江……同
米田勢也……同
高田要……瑞葉たちの同級生
大橋俊二……瑞葉たちのクラスの担任
久岡領子……小学校の家庭科教師
中原桐子……小学校二年生の担任
神谷淳平……瑞葉の叔父

瞼《まぶた》をひらくと、かたわらに彼女が身を横たえていた。

暗がりの中、こちらを向いたその面輪《おもわ》だけが仄《ほの》かな光に包まれて見える。

まじろぎもしない煙水晶《けむりすいしょう》の虹彩《こうさい》の中に、小さな私が囚われている。

まじろぎもしないまま、二つの瞳は私の虚像ごと潤《うる》んで、透き通った水の珠《たま》を結び、薄い貝殻に似た左右の耳へとそれぞれ静かに流れ落ちてゆく。

私は、真上からゆっくりと彼女に覆いかぶさる。

鼻先に鼻先が触れる。

――これでいいよ。

途切れそうな呼吸ごと、唇をふさいだ。

――一緒に行こう。

抱きしめたその背中に広がる蝶の片翅《はね》は、きっと心臓の色をしている。

第一章　相続人の条件

タッチの差で電車に乗り損《そこ》ねた。いらだちながら次の電車を待ち、乗客のひしめき合う車両がホームにすべりこんできたのを見た瞬間に疲労が一段階濃くなった気がした。

目の前で電車を逃《のが》すと、次の電車が必ずと言っていいほど混み合っているのはなぜなのだろう。逃した一本よりすいている電車は来たためしがない。

勤務先の塾は中学受験の塾としては大手と中堅の間くらいに位置づけられる。授業は一コマが一時間二十分で、わたしは月曜日から金曜日まで、四年生の社会と五・六年生の国語を一日二コマずつ担当している。

授業終了は午後七時十分。報告書を書き終えて帰途につくのはたいてい七時半——生徒の質問の相手をしていればもっと遅くなる。

午前中は近所のディスカウントストアでひたすらレジを打ち、帰りがけにスーパーマーケットで買い物をして、塾に出かけるまでの間に夕食の支度をする。

炊飯器《すいはんき》はタイマーでセットしてあるし、サラダは冷蔵庫で冷えている。メインのおかずは皿ごと電子レンジで、鍋の中の汁物は火にかけて温めるだけだ。それでも一人息子の洋平《ようへい》が空腹で待っていると思うと気持ちはせいた。

洋平はこの秋八歳になった。学童保育は六時までで、地域のサポートセンターに迎えを頼んでいる。それから七時半まではマンションの管理人の野村《のむら》さんが洋平を預かってくれる。

管理人が女性――それも、そろそろ老齢にさしかかる――というのはめずらしいかもしれない。

「八木里花《やぎりか》と申します。この子は洋平、小学校二年です。シングルマザーなので息子とわたしの二人きりです。どうぞよろしくお願いします」

離婚して洋平と二人で引っ越してきた時、菓子折りを差し出してそう挨拶した。以来、おせっかいなくらい親切にしてくれるのだ。

「洋平くん、あなたが帰るまで管理人室で預かろうか」

野村さんがそう言ってくれた時は涙が出そうになった。どんなにあつかましくても、頼る親もいないわたしは他人の厚意に甘えなければつぶれてしまう。

何時まででもいいという言葉はありがたかったが、きりがなくなるから、管理人室を閉める七時半までとわたしが時間を区切った。ささやかな礼金を渡しているが、最初はなかなか受け取ってもらえなかった。

途方もなくおしゃべりな子だけに、野村さんをわずらわせていないか心配だった。本さえ読んでいれば満足するから、とにかくおとなしく本を読んでいるように言い聞かせているが、何かのきっかけで堰《せき》を切ったようにしゃべりだすから油断できない。

七時半になると、野村さんは洋平を部屋まで送ってくれる。その後は四十分近く一人で留守番させることになるが、それはどうしようもない。どうしようもないことを、一概に可哀想だとか危ないとか非難しないのは、やはり「女手一つ」で子供を育てたという彼女自身の経験からなのだろうか。

わたしだって心配だし不安だ。けれど、洋平を信頼もしていた。

最寄り駅に降りてからスマートフォンを確認すると、見知らぬ電話番号の着信履歴がある。伝言を聞くと、きびきびした男性の声が弁護士の大森《おおもり》と名乗り、相続のことでお話ししたいことがあるのでまた改めてかけると告げた。

ソウゾク？

それはひどく遠い、馴染《なじ》みのない、他人事《ひとごと》のような言葉に聞こえた。


十歳で父親を亡くしてから、わたしはずっと母子家庭で育った。

亡父に係累《けいるい》はなく、五年前に癌《がん》で他界した母も一人娘で、祖父母は母よりずっと早くに、やはり二人ともに癌で亡くなっていた。癌家系なのだろうと思うと少々怖く、洋平のためにも健康診断だけは定期的に受けるようにしている。

父は出張中の事故で亡くなったため、勤めていた会社からは相応の補償金が支払われた。望んだ私大へ進むことができたのはそのおかげなのだろう。母は仕事を選ばずに働いていたし、暮らし向きは常に質素だったけれど。

もともとは国文学よりも言語学として日本語に興味があって選んだ大学だが、ある男性講師の『万葉集』の講義がおもしろくて、以来、彼の講義を片《かた》っ端《ぱし》から受講した。

わたしが四年生になる時、彼は准《じゅん》教授に昇格した。

友人たちにあきれられながら、わたしはしょっちゅう彼の研究室に出入りしていた。「よく言えばトトロ」と言い出したのはわたしだが、その外見にふさわしく、研究室にはいつも、こだわって取り寄せたらしい津々浦々《つつうらうら》のさまざまな菓子があった。

菓子目当ての一面も否定はしない。研究室の資料を閲覧したかったのも、レジュメや論文の作成に意見を聞きたかったのも事実だ。

しかし、それ以上に彼とのやりとりが——学術的会話ではなく他愛ないおしゃべりこそが——楽しかった。一人の人間としての彼と過ごす時間が好きだった。

修士課程終了後は助手の職を得て大学にとどまった。たった一つしかない椅子を手に入れたことで「枕営業」とまで陰口を叩かれたが、能力うんぬんより、応援してくれた母へ恩を返したい思いの強かったわたしは、ほかの学生とは必死さが違っていたはずだ。

仮にわたしたちがそういう関係であったとしても、下っ端《したっぱ》の准教授に人事の権限などあろうはずがない。

そもそも彼は独身だった。不倫でもあるまいし、後ろ指をさされるすじあいはない。わたしには学部時代からの恋人もいたし、一回りも年上の男性に対して恋愛感情を抱くことはない——あの頃はそう思っていた。いや、そう信じようとしていた。

あとになって振り返れば、周囲から色眼鏡で見られたことがわたしを頑《かたく》なにし、自分自身の本当の気持ちから目をそらさせたのだ。

助手になって丸二年目を迎える春、根《こん》をつめて書き上げた論文の一部が盗作だという中傷を受けた。根も葉もない言いがかりで、すったもんだの末に疑いは晴れたが、研究者——のヒヨコ

――としてのダメージは小さくはなかった。

さらには、まるでその責任を取らされるかのように、直接の指導教員だった彼は地方の短大へ異動することになった。

突然のことで、ろくにお別れも言えなかった。

連絡する口実を見つけられないまま、あれほど没頭できた研究さえも輝きを失い、単なる義務に成り下がった。半年後、その地方の名家の娘と彼が婚約したと風の噂に聞いた時、わたしの中に最後まで残っていた支柱が折れた。

恋人が結婚をほのめかすようになったのはその頃だった。

時には父代わりになって可愛がってくれた祖父が、癌の発見からわずか半月で亡くなったのも同時期のことだ。孫の目から見ても微笑《ほほえ》ましいおしどり夫婦だった祖母の嘆きようは見ていられないほどで、ほどなく祖母にも同じ場所に癌が見つかった。

「里花の花嫁姿を見て死にたい」

祖母の少々古風な懇願《こんがん》に負けたわけではないが、わたしは恋人のプロポーズを受け入れ、結婚を理由に辞職した。彼には転勤がついて回ることが分かっていたから――というのは言い訳で、研究を続ける方法はあったはずだった。

結局、象牙《ぞうげ》の塔の中の足の引っ張り合いに疲れたのだ。

新居は義実家から車で三十分ほどの賃貸マンションだった。わたしは自宅でできる模擬試験の採点や、作文・小論文の添削のアルバイトをしてこづかい程度の収入を得た。

子供はなかなか授からなかった。それをまるで「瑕疵《かし》」――それもわたしだけの――のように義父母から責められた時、わたしは、不妊の責任が女だけにあるとするのは前時代的な考え方である上にまったく論理的でない、と、はらわたが煮えくり返るのをこらえて冷静に反論した。

義父母からどう聞いたのか知らないが、夫は両親を諌《いさ》めるどころかわたしを非難した。

ここで喧嘩になればまだよかったのだろうが、わたしは黙ってしまった。

義父母に対しては怒りが湧いたが、夫に対しては冷却したからだ。愛情の底が静かに凍《い》てついた。

しばらく不機嫌だったのは夫の方で、わたしは自然にふるまった。

だから、夫は勘違いしたのだろう。あくまでも非はわたしにあり、自分が「許し」さえすればこの一件は日常に流されていくと。

やがて忘れ去られる小さな齟齬《そご》の一つにすぎないのだと。

わたしの胸の中では、それは骸骨《がいこつ》になっていたというのに。

古民家の床下にひっそりと埋められた骸骨は、たとえ見えなくてもそこに存在している。だが、日常生活を平穏に営むためには知らないふりをしているべきで、万が一掘り出されてしまえばその刹那《せつな》にすべてが崩壊するのだ。

骸骨の上で暮らす危うさをはらみながら、それでも結婚生活は続いた。転勤は一度あったが、近県であったため転居の必要はなかった。

結婚五年目にわたしは妊娠した。

そうと知った途端、わたしをきらっていたはずの義両親は家を二世帯住宅に改築して同居する話を夫と進めはじめた。わたしの意思や希望を訊きもしないで。

しかも改築費用は夫が八割を負担するという。都内の一戸建てに住めるのだからそれくらい当然で、土地代を払わないですむことがどれだけ恵まれているか力説した上、夫は真顔でこう言った。

「俺が単身赴任になっても、おふくろがきみのそばにいれば安心だしさ」

その日のうちにわたしは身の回りのものをまとめて実家へ帰った。

何も説明しないわたしに、母はただ、「母子家庭も悪くないわよ」と笑った。

まだ離婚を決めたわけではなかった。夫を、もはや愛しているとは思えなかったが、情は残っていた。結婚しなければ、ともに家庭を築こうとしなければ、恋人としてならば、ずっと楽しくつきあえただろう。そのくらいには相性がよかったのだ。

現実的な問題もあった。子供を育てるために、それ以前に自分が食べていくために、アルバイトではなくきちんと就職し、生活の基盤を築かなければならなかった。

さまざなことを天秤《てんびん》にかけているうちに、夫が迎えにきた。

夫はわたしの気持ちをないがしろにしたことを謝り、二世帯同居は白紙にするからやり直してくれと頭を下げた。子供が生まれたら実の母親が身近にいた方がいいだろうから、出産して落ち着いたらきみのお母さんの近くに住もうとまで言った。それが決め手になって元の鞘《さや》に戻ったわたしは無事洋平を出産した。

退院するとリビングの家具の配置が少し変えられていて、これまで本棚のあった場所にベビーベッドが置かれていた。本棚は納戸に移したという。

慣れない赤ん坊の世話に追われてしばらくはそれどころではなかったが、ほんの少しだけ余裕ができた頃、本棚には夫の趣味の雑誌やビジネス書しかないことに気づいた。わたしの本は――好きな小説や幼少期の思い出の本も、研究書や資料や過去の論文も――入院中に綺麗さっぱり処分されていたのだ。

「これから洋平のものが増えるわけだし、棚があればいろいろ置けるだろ？　当分は本を読んでるどころじゃないっておふくろも言ってたぞ」

「お義母《かあ》さんは関係ない。人のものを勝手に捨てていいと思うの？　棚を空けたいなら自分の本を捨てなさいよ！」

わたしの剣幕に驚いたのか、夫は「ごめん、ごめん」とあわてたように繰り返したが、それですむ問題ではなかった。

捨てた事実より、そういうことができる人間であるということ――それがすべてだった。骸骨が掘り返された瞬間だ。

この時点でわたしの気持ちは固まった。そこから一直線に離婚に至らなかったのは、母が病に倒れたことでタイミングを逸《いっ》したからにすぎない。

日常生活が困難になった母を介護しなければならなくなった時、洋ちゃんのことはいくらでも預かるからお母さんによくしてあげてという義母の言葉はありがたかったし、寄せてくれた同情に嘘はなかったと思う。

母の見舞いにさえほとんど顔を出さず、転院や退院の際に車も出してくれなかった夫は、信じられないほど何の役にも立たなかった。

義両親は悪くない。苦々しい思いも味わったが、考え方が致命的に古いだけで、彼らに恨みはない。

腹立たしいのはひとえに夫だ。もういい大人であることを思えば、あなたたちが育て方を間違えたのだなどと義両親を責める気もない。

わたしが母のことで手一杯だった時、幼い息子のために何もしない——食事の支度も、掃除もできない、洗濯機は回せるが洗濯物は干せない、おむつも替えられない——そんなことだけなら我慢できた。母の近くに引っ越すという約束が果たされなかったのもまあ、いい。

義実家との二世帯同居を蒸し返したこともどうにかこらえた。

許せなかったのはその時の言葉だ。

「どうせ、きみのお母さんは長くないんだしさ」

わたしは仕事を探した。塾の講師に応募して採用されたのもこの時だ。受け持ちのコマは多ければ多いほどよく、臨時でも代理でも積極的に受けた。洋平は義実家ではなく、費用がかさんでも塾と病院の中間にある託児所に預けた。

二年半の闘病の末に母は他界した。四十九日がすむのを待ちかねたように離婚を切り出してきたのは夫の方だった。洋平はきみになついているからきみが引き取るのがいいと思う、などと言って。

夫に新しい女がいることはうすうす察していたが、証拠を集めて慰謝料を請求する気力はなかった。

預貯金は折半、養育費は洋平の成人までとする、大学卒業までの学費、通学費、塾や参考書等の教育費は使用目的を明確にして領収書を示せばその都度半額を支払う——淡々と一つ一つそんな取り決めをしていった。

公正証書をつくりたいと主張した時だけ夫はいやそうな顔をしたが、拒否はしなかった。一刻も早くその女と一緒になりたかったのだろう。

最後まで夫は、洋平と面会したいとは口にしなかった。

――つまるところ、わたしは誰の相続人になりようもない。相続の可能性があるとすれば洋平で、遺産を受け取るのは離婚以来五年会っていない元夫が死んだ時だ。

間違い電話でないとしたら、元夫に何かあったのだろうかと考えていると、同じ番号から電話がかかってきた。

「夜分に突然失礼します。八木里花さんの携帯でお間違いないでしょうか」

「はい。わたしが八木里花ですが」

「わたくし、大森・渡部《わたべ》弁護士事務所の大森と申しますが――」


子連れでもさしつかえないと言ってもらったので、詳しい話を聞くため、土曜日に洋平を連れて大森・渡部弁護士事務所を訪れた。

渡部弁護士はわたしとあまり年齢の変わらない――四十路《よそじ》前後の――女性で、大森弁護士は五十年配の男性だ。忙しいだろうに、大森さんの話を聞く間、渡部さんは洋平の相手を買って出てくれた。

本を読ませておけばおとなしくしているから気遣いはいらないと遠慮したのだが、「借りてきた猫」という言葉からかなり遠くにいる洋平は目を輝かせて事務所内を見回し、弁護士という職業について怒濤《どとう》の質問を浴びせていた。

渡部さんが目で頷いてくれたので、わたしは恐縮しつつ、大森さんに促されて別室へ移動した。

大森さんは先頃七十三歳で亡くなった藤田由子《ふじたよしこ》という女性の代理人だという。その女性が探偵を雇い、わたしの身辺を調査して連絡先や勤務先をつきとめた。大森さんがわたしのスマートフォンの番号を知っていたのも、塾が終わる時刻を見計ったように電話をかけてきたのも、その女性から情報を得ていたからなのだ。

聞き覚えのない名前にとまどっていると、大森さんは「藤田さんの旧姓は鈴林《すずばやし》です」と付け加えた。

これが鈴木《すずき》だったら思い当たらなかっただろうが、鈴林という名字の人間をわたしはこれまでに一人だけ知っていた。

鈴林夏野《かや》。——夏の野と書いて、かや。

わたしの母親違いの姉だ。

そして、鈴林由子は夏野の実の母親だった。

わたしと夏野の関係は、いささかこみいっている。

わたしの父は、わたしを産んだ母と結婚する前に由子さんと結婚していて、二人の間に夏野が生まれた。由子さんは夏野が赤ん坊の頃恋人をつくり、家族を捨てて出ていった。それから父が夏野を育てたが、由子さんの母親がずいぶん手を貸したらしい。

彼女は娘の行為を恥じ、父に対して非常にすまながっていたそうだ。

父が再婚するにあたって、母方の祖母にあたる彼女が夏野を引き取ることになった。父と母と彼女と、三人でさんざん話し合ってそう決めたのだ。
要するに夏野の身体の「特徴」が問題だったのである。

母はそんなことを気にしなかったのに、父と夏野の祖母の目には大問題に映ったらしい。そんな特徴を持つ夏野を他人に引き取らせるのは気の毒で、引き取られる夏野も可哀想だと。

夏野が十歳の時に母方の祖母は脳梗塞《のうこうそく》で急死し、その後、結局夏野は父親の家――つまりわたしの家――にきた。当時、わたしは四歳だった。

幼心にわたしは夏野を人形のようだと思った。それも旧家の奥の間に飾られた由緒ある人形だ。独得な存在感を放ち、物言わずともそこにあることを主張するような。

白い肌と俯《うつむ》きがちな濃い睫毛《まつげ》、そのかげに湛《たた》えられた淡い虹彩。淡いといっても茶色っぽいのではなく、水で薄めたようにグレーがかった瞳だった。

うんざりするほど硬く太い黒髪だったわたしは、夏野の柔らかな栗色の髪がどれだけ羨《うらや》ましかっただろう。

一目見た時からわたしは夏野を好きになった。
夏野もわたしを可愛がってくれた。

幼いわたしを寝かしつけながら、夏野はよく〈M〉の話をしたものだ。

夏野からは梨《なし》の実のような、少し甘くて透明な香りがした。わたしは夏野にくっついてその匂いをかぎながら、葉音のような儚《はかな》い声に耳を傾けるのが好きだった。

〈M〉が何者なのか、現実に存在するのかどうかすらわたしには分からない。何となく夏野の空想の中の住人のような気がする。

「近所の家の垣根に、不思議な色の芙蓉《ふよう》が咲いたの」

「フヨウって？」

「お花の名前。和風のハイビスカスみたいな……。その芙蓉は五枚の花びらのうちの三枚は白くて、二枚は蘇芳《すおう》色だったの」

「すおう色って？」

「紫がかったような、少し黒ずんだような深い赤」

「お姉ちゃんの肌の色？」

わたしは無邪気に訊いた。

「そうよ。わたしの痣《あざ》の色」

夏野は優しく答えた。

「じゃあ、芙蓉ってお姉ちゃんみたいに綺麗な花なんだ。そうでしょ？」

「〈M〉はそう言ってくれたわ」

〈M〉は夏野を垣根のところに連れていき、まるでそれを花冠《はなかんむり》にするように芙蓉の下に夏野を立たせた――。

摘《つ》み取って髪に挿《さ》すのではなく、夏野を立たせることで花冠に見立てたというこのエピソードがわたしはとても気に入っている。

わたしが夏野と姉妹として過ごしたのはわずか五年半だ。

父が亡くなった時、由子さんが現れて夏野を引き取りたいと言った。

誰と暮らすかは夏野が決めることだと母は返答し、夏野はたった一晩で答えを出した。――由子さんと暮らす、と。

わたしたちの今後の生活のこと、夏野自身の病気と余命——夏野は生まれつき心臓に難しい疾患《しっかん》を持っていた——を考えての結論だったのだと今なら理解できるが、その時は裏切りとしか思えなかった。

わたしは夏野を許せず、その日からいっさい口をきかなくなった。母の説得や叱責《しっせき》にも折れず、とうとう別れの日にも夏野を見送らなかった。

「里花ちゃん、ずっと大好き、幸せでいてね」

夏野の声をドア越しに聞きながら、わたしはしゃがんで壁を見つめて泣いていた。

あの日のことを、わたしは元夫と結婚したことよりも深く後悔している。

まさか夏野とそのまま二度と会えなくなるなんて——それが永遠の別れになるなんて思いもしなかったのだ。

大森さんの話では、父との離婚後、由子さんは三回結婚している。

人生で四回の結婚。配偶者と別れた原因は、離婚が二回、死別が二回。最初の死別相手が資産家で、由子さんはかなりの額の遺産を相続した。

由子さんには近しい血縁者がいない。末期癌を宣告され、財産をどう処分しようかと思った時、夏野が可愛がっていた異母妹——つまりわたしのことを思い出した。

探し出したわたしがシングルマザーだったからなのかどうか、由子さんは大森さんの立ち会いのもとに正式な遺言状を書いた。——全財産を八木里花に譲る、と。

夫が亡くなってからホスピスに入るまで、由子さんはマンションの一室に一人で住んでいたと話しながら、大森さんは財産目録を示した。ほかの人がどう思うかは分からないが、わたしにとってそこに明記された預貯金の額は目をみはるようなものだった。

さらに不動産として、晩年の由子さんが住んだ神奈川県K市の約八十平方メートルのマンション一戸と、東京都C区の土地があった。

現在は更地になっているが、この土地にはもともと由子さんの姉の元子《もとこ》さん一家が住んでいた。三十年前に由子さんが相続した時はまだ家が建っており、中から男性の遺体が発見されると殺人事件に発展した。

男性は近隣の小学校に勤務する教師で、元子さんの早世した一人息子の担任を受け持ったこともあった。事件は解決したが、なぜ男性がその家で殺されていたか、詳細は公表されていない。

ここに新たに家屋を建てた場合、それは瑕疵物件には該当しない。そのため、他殺体が発見されたという事実は土地の価値を下げるものではない。個人的にはこれを売却して相続税を納めることを勧める、税金を払ってもかなりお釣りがくるはずだ、と大森さんは説明した。

「にわかには信じられないようなお話なのですが――」

そう言ってわたしが目録から目を上げると、大森さんはデスクの上で両手を組んで軽く上体を乗り出した。

「八木さんが藤田さんの遺産を相続されるにあたって、実は二つ条件があります」

わたしは思わず身構えた。そんな重要なことは最初に言ってほしい。

「一つは夏野さんのお墓を守り、適宜《てきぎ》、法要を営むこと。その費用は遺産に含む、ということです」

「もちろんです。わたしは夏野の妹ですから」

これまでも夏野の墓参《ぼさん》を欠かしたことはないし、今後も欠かすつもりはない。遺産を受け取るならば当然由子さんのお墓も守っていくつもりだ。

「もう一つの条件は？」

わたしの問いに、大森さんは問いで返した。

「八木さんは〈N高原高校生四人心中《しんじゆう》事件〉をご存じですか？」

「はい。だって、あの事件で亡くなったのは——」


一九××年八月×日早朝。

鈴林由子の所有するN高原の別荘で高校生の男女四人の遺体が発見された。わたしが小学校五年生の時だ。

二人は寝室で毒をあおり、もうひと組の二人——夏野とその相手——はガレージで唇を重ね、抱き合って死んでいた。ガレージには練炭を燃やした痕跡があり、シャッターの隙間や換気口などに内側からガムテープが貼られていた。四人とも、死後三、四日が経過していたという。

由子さんから連絡を受けて、母は言葉にならない悲鳴を上げた。

ふるえる母の手から受話器を奪うように電話を替わったわたしは自分がどんな受け答えをしたのか憶えていない。暗幕に閉ざされたような視界の中で、夏野の淡い虹彩が風に揺れる矢車菊《やぐるまぎく》のように回り続けていた。

心中だろうと思われた。

遺書はなかったが、動機はおのずと察せられる。

彼らは自分たちの愛を悲観したに違いない。さらにはその年頃の少年少女に特有の厭世《えんせい》。歓喜と表裏の絶望。滅びへの憧憬《しょうけい》……。

もとより夏野には未来がなかった。わたしはその時初めて母に聞かされたのだが、夏野の心臓が刻むことのできる時間はあまりにも短く定められていたのだ。

夏野のか弱い心臓は一酸化炭素中毒に至る前に停止していた。

ガレージには明かりとりの窓があったが、ガラスは割れていた。

状況から見て、睡眠薬の壜《びん》が投げつけられたらしい。壜に残った指紋から、投げたのは夏野であると考えて間違いない。

窓ガラスを割ろうと試みたのだから、死の寸前に夏野は後悔し、生きたいと願ったのかもしれない。朦朧《もうろう》としていて何も分からず、充満した一酸化炭素がただ苦しかったのかもしれない。

ガラスを割ろうとしたことだけでは、それが「合意の心中ではない」という証左にはならない。それに対し、たがいに抱き合ってキスをしたまま死んでいた事実は、その死が恋人たちの心中であることを如実に示している。

あの時、驚き、悲しみながらも、母とわたしは夏野の死を受け入れた。心中という極端な手段にも納得した。

けれど、由子さんはそうではなかったのだ。

「事件について調べ直すこと。それが藤田さんの出されたもう一つの条件です。藤田さんはお嬢さんの死に疑問を抱いておられたのです。安易にこういうことを口にすべきではありませんが、殺されたのではないか、と考えておられた」

「姉が――殺された？」

「これはあくまでも藤田さんの個人的なお考えですが」

「でも、その可能性があると？」

「それは何とも申し上げられません」

大森さんは目録の下に重ねていた角1サイズの封筒を出した。

「どうぞ。事件に関して藤田さんご自身が作成された資料だとうかがっています。八木さんに直接お渡しするよう申し付かりました」

中を見るとスクラップブックやノートが入っている。妙にふくらんだ大学ノートを取り出してひらいてみると、新聞や週刊誌の記事が何ページにもわたって切り貼りしてある。

由子さんの手書きらしいメモも散見され、冒頭にはこう書いてあった。

〈今日も又あの子ノ部屋を整理できなかった。窓辺に置かれた鉢植エのコーヒーの**木**。**机**の上にはやりかけの宿題。**水**玉模様のノートと『枕**草**子』。花瓶の**水**もそのままだ。あの子が活けたエリカの花は、白もピンクも**両**方とっくに枯れたのに。いつまでもこんなんじゃだめだ、だメだと気ばかりセく〉

木、机、草、水、両の文字はやけに力をこめた太い字で書かれている。片仮名が混在する乱れた表記から慟哭《どうこく》が伝わるようだ。

「調べた結果は大森さんにご報告すればよろしいですか？」

大森さんはかすかに苦笑した。

「その必要は――。どうか、藤田さんの墓前にご報告なさって下さい」

その後は相続の手続きについて詳しい説明を聞き、書類を受け取り、渡部さんに何度も礼を言って事務所を出た。

「すげえ楽しかった！」

洋平はにごりのない目でわたしを見上げて、近頃覚えた乱暴な、とはいえ舌足らずな口調で言い、渡部さんとどんなおしゃべりをしたのかや事務所で目についたもののことなどをとりとめもなく語り出す。

第二章　少女の半身

雪も氷もとけて、やわらかな草と色とりどりの花が大地をうめつくした。

――春だ。

冬眠からめざめた虫たちが、虫の国の中心に立つ「蝶の木」の下にあとからあとから集まってくる。「蝶の木」の枝という枝には新しく蝶になるさなぎが糸をからめてとまっている。

うららかな光の中で、まもなくいっせいに蝶の羽化がはじまる。

＊

クラスメートの柴田《しばた》悦子《えつこ》と踊り場まで下りたところで忘れ物に気がついた。

「えっちゃん、ごめん、カーディガン忘れた」

朝は風が涼しく感じられて、薄手のカーディガンを羽織ってきたのに、教室の椅子に掛けておいたのをすっかり忘れていた。今はカーディガンなんて着る気になれない。顔は洗ったけれど、全身が汗ばんでべたべたする。髪も砂っぽい。

「急ぐんでしょ？　先行って」

「うん。ごめんね」

バイバイと手を振るのもそこそこに、背中のランドセルを鳴らして悦子は階段を駆け下りていった。お団子が少し斜めになっている。

今日はバレエのレッスン日なのだ。発表会の配役決めが近いので、なるべく早く行って柔軟体操やストレッチを一生懸命やっているところを先生に見せたい、遅刻だけは絶対したくないと言っていたのに、リレーの練習が長引いてぎりぎりの時間になってしまった。

お稽古《けいこ》の道具を持ってきてよかった、直接行けば何とかまにあいそう――そう言っていたけれど、自分の机にヘアピンをばらまいて、鏡も見ずに髪を結い上げながら、悦子は半分泣きそうだった。

「全員リレーで六年生を負かして絶対優勝！」

これが私のクラス、C区立第二小学校五年二組の「裏スローガン」だ。ちなみに表のそれは「獅子《しし》奮迅《ふんじん》」。これは笹塚《ささづか》智巳《ともみ》の案で、クラスのほとんどの票を集めて採用が決まったが、投票した子のいったい何人がこの言葉を知っていたか――。

どうせ智巳だって四字熟語辞典か何かから、漢字が難しくて何となく「それっぽい」言葉を見つけてきただけだろう。

全員リレーは名称通りクラス全員でバトンをつなぐリレーで、一年生から四年生までは学年ごとの競争だけれど、五年生と六年生は合同で競技を行う。一年の差はあなどれないのか、優勝は六年生のクラスと相場が決まっている。

要は卒業する六年生に花を持たせるということだろう。それならそれでいいのに、

「五年生で初めて優勝を勝ち取ったクラスになろう！」

と、妙に回りくどい言い回しで、智巳と山辺満利江《やまべまりえ》が熱くなってしまった。

担任の大橋俊二《おおはししゅんじ》のご指名で、五年になった早々クラスの委員長と副委員長に任命されたこの二人は、勉強も運動も何でもできて、絵に描いたようなお似合いのカップル、ということになっている。家も近所で、お母さん同士も仲がいい。

智巳のお母さんはＰＴＡの副会長で、何の用があるのか知らないけれど、しょっちゅう学校に顔を出す。留学経験があるという満利江のお母さんは子供英会話教室をひらいていて、保護者たちの間でも先生先生と持ち上げられている。似た者親子だとしみじみ思う。

先週の学級会では、放課後にクラス全員参加でバトンの受け渡しの練習をすることが決まった。しかも月、水、金と週に三日も。

一応投票が行われたけれど、一票だけ白票があって、反対票はたった三票――うち一票は私の票――だったのだから、その同調圧力には恐れ入る。

「運動会までですから、用事がある人もぜひクラスを優先して下さい」

黒板に投票結果を書き出していた満利江と司会の智巳が満足げに声をそろえた。

決定した以上練習には参加するけれど、ほかに用事があれば当然そっちを優先させるつもりだし、悦子だって皆だって遠慮なくそうすればいいと私は思っていた。

だいたいこんなことは智巳と満利江の趣味以外の何物でもない。彼らは一位になることより一位になろうと頑張ること――ではなく、頑張る自分が大好きなのだ。一つの目標を掲げてクラスをまとめる自分が誇らしく、それを大人たちに褒めてもらいたいだけだ。

前方の引き戸を開けて一歩教室に踏み入ると、教卓の横に立っていた智巳がぎょっとしたように私を見た。

「何だ、新田《にった》か。おどかすなよ」

教室内には異様な空気が張りつめていた。そもそも授業中でもないのに前の戸も後ろの戸もぴったり閉じられていること自体おかしい。

「閉めろよ」

何かが行われている——。

それが何か分からないまま、とりあえず戸を閉めた。

「何してるの？」

ざっと見たところ、教室には半分くらいの生徒が残っていた。

皆、立ち上がって智巳の方を見ている。智巳ではなく、智巳の視線の先を。

そこには満利江と米田《よねだ》勢也《せいや》がいた。

勢也は智巳の腰巾着《こしぎんちゃく》だ。ともすると「がり勉」と分類されてしまうのを、必死で道化て満利江の気をひき、学業面ではわざと少しだけ智巳に及ばないふりをして——本当は勢也の方ができると私は見ている——その歓心を得ている。

「八木さん、走れるんでしょ？」

満利江が独得の鼻にかかった声を出した。

その足元に誰かがうずくまっている。白いブラウスに焦げ茶色のスカート、うなじのところでざっくり切った栗色の髪——八木夏野だ。

「あたし、見たんだからね。八木さん、昨日、公園にいたでしょ？　木から子猫が落ちたのをダッシュで受け止めてたよね？　あれだけ走れるんだったら体育だってできると思うけど」

「えー、何それ」

「八木さんの嘘つき」

「八木さん、走れるなら運動会出るべきじゃない？」

「そうだよ。リレーだけでも出なよ」

「八木さんが出ないせいで二回走る子がいるんだよ」

「悪いと思わないわけ？」

夏野を責める声が次々に重なる。

うんざりした。カーディガンのことなんか思い出さなければよかった。あのまま悦子と帰ればよかった。

「悪いと思ってたら、みんなが一生懸命練習してる時に本なんか読んでないよね」

満利江が目くばせすると、勢也は落ちていた本を拾い、びりびりとページを破き出した。

夏野が初めて顔を上げた。

「……て」

「聞こえませーん！」

もう一ページ、殊更《ことさら》にゆっくりと勢也が破く。

「やめて。私のならいいけど、それは、か……」

「なあんだ、しゃべれるじゃない」

満利江は夏野の腕をつかんで引っ張った。

「しゃべれるんだったら答えなさいよ。走れるんだったらリレー出なさいよ。練習にも参加しなさいよ」

「猫は受け止めたけど、ちょっとしか走ってない。私の心臓は……難しいこと言っても分からないと思うけど……」

「私たちをばかにしてるの？」

「別に、そんなんじゃ……」

八木夏野はこの二学期から五年二組にきた転校生だった。大橋の話では家庭の事情で短期間だけ第二小に通うのだという。

心臓の病気で体育はいつも見学している。決して体育着に着替えないことが満利江には癪《しゃく》のもとらしく、

「肌を見せないなんてお姫様気取りね。くさいお姫様なんて笑っちゃう。ああ、でも、平安時代のお姫様は不潔でくさいのをごまかすためにお香を焚《た》いてたんだって」

などと、体育のたびに聞こえよがしにあてこすった。

転入初日の夏野は紺色にごく細かい水玉模様の、衿《えり》ぐりの詰まったクラシカルなワンピースを身につけていた。終始俯き、自己紹介の挨拶は声が小さくて誰も聞き取れなかった。

私は夏野の睫毛《まつげ》の長さ、黒目がちな瞳が淡くて潤んでいること、白い肌が陶器のようなこと、唇の紅さや優美なうなじに気づいたけれど、ぎざぎざの前髪や乱暴に耳朶《みみたぶ》の下で切られた無残な髪型——せっかくつやつやした栗色なのに——が彼女の美点を大きく損ねていた。

「くっせえの！」

夏野が席に着く時、そう吐き捨てたのは智巳だった。隣で満利江が高笑いした。遠い席にいたのに勢也が鼻をつまんだ。

そばを通った時、確かにそのワンピースから強い防虫剤のにおいが立ち上るのを私もかいだ。

重要なのは夏野の服が防虫剤くさかったことではなく、智巳が「くさい」と言い、満利江が嘲笑《あざわら》ったことだ。

そのことが、その瞬間にクラスでの夏野の地位を決定づけた。

担任の大橋が夏野を冷遇したことも影響しただろう。大橋の目つきから推察するに、特例と思われる腰掛け的な転校もだが、その目立つ栗色の髪が気に食わないらしい。

大橋は智巳や満利江を贔屓《ひいき》して可愛がる一方で、内向的な生徒や成績のふるわない生徒を差別してつらくあたった。呼び声からして違うのだ。きらいな生徒の名を呼ぶ時には意味もなく怒鳴り、気に入りの生徒には薄気味悪い猫撫で声を出す。

私ならあんなふうに呼ばれたら鳥肌が立つけれど、信じがたいことに智巳や満利江にはそれが誇らしくてたまらないらしい。

大橋は二十七、八歳。どこがどうと言えないけれど爬虫類《はちゅうるい》っぽい、などと言うのは爬虫類に失礼だろう。私はびっくりするほど美しいトカゲを図鑑で見たことがあるし、イグアナやコモドオオトカゲを、ペンギンやアザラシの赤ちゃんと同じくらい可愛いと思う。

爬虫類はいいけれど、爬虫類っぽい哺乳類《ほにゅう》──ましてや人間──はいただけない。つまりそういうことかもしれない。

二学期最初の教室移動は音楽の授業で、私は夏野に声をかけて一緒に音楽室へ行った。「前はどこにいたの？」とか「今はどこに住んでいるの？」とか、誰でも訊くようなことを尋ねたけれど、夏野は曖昧《あいまい》に言葉を濁《にご》して答えなかった。

音楽室に着くと、「ありがとう」と、消え入るようにささやいた。

「どうせ反対票入れたのおまえだろ」

智巳が決めつけた。

「みんなのやる気に水を差すなんて最低だよな。かけっことか、ばかばかしいって思ってんだろ？」

――さっさと帰ればよかったのに。

夏野が練習に参加する必要はないのだ。教室に残って本なんか読んでいるから、こうやって絡まれる。

「ちょっと、どいて。そこ私の席」

一人の男子を追い払うようにして自席の椅子からカーディガンを取った時、満利江の声が高く響いた。

「八木さん、着替えたくない理由でもあるんじゃない？　何か隠してるとか」

振り向くと、満利江が夏野のブラウスの衿をつかんでいた。その目が奇妙な愉悦に輝いている。

「見せなさいよ。――勢ちゃん、見てないで手伝って」

「……うん……」

さすがに勢也は躊躇した。智巳がおもむろに教卓から離れ、勢也に近づくと尻を軽く蹴り上げた。

「やれよ」

「智ちゃん、マジ……？」

「勢也がやれよ。その方が八木もうれしいってよ」

「勢ちゃん、ほら」

満利江がけらけら笑いながら場所を譲り、勢也は意を決したように、右手を夏野の衿にのばした。

見かねて止めに出ようとした瞬間だった。

ぱあんと鋭い音が響き、勢也が左の頬を押さえて尻もちをついた。

夏野が勢也をひっぱたいたのだと理解するのに一秒か二秒かかった。

夏野は勢也の手から本をもぎとり、ぎゅっと胸に抱くと、智巳を睨みつけ、か細い、けれども奇妙に通る声――だということに、その時初めて私は気づいた――をわずかにふるわせて、

「私は白紙を投票したわ。運動会に出ない私には、賛成も反対も入れる権利はないと思ったから」

「へえ、おもしれえ。そういうことができんだ、おまえ。口もちゃんと回るじゃん」

智巳が短く口笛を吹く。

「あー、何か、もうどうでもよくなっちゃった。智巳、帰ろう」

満利江がきびすを返すよりも夏野が行く手をふさぐ方が早かった。夏野の右手が閃《ひらめ》き、さっきと同じ破裂音が鳴る。

「何するのよ！」

叩かれた頰を押さえ、満利江が真っ赤になって叫んだ。

「智巳、何とかして！　勢ちゃん、何ぼけっとしてるのよ！」

「そんなに知りたいなら見せてあげる」

本を置いた夏野の指が自らのブラウスのボタンにかかり、上から次々に外した。

その場にいた誰も声を発することはなかった。私も案山子《かかし》のように突っ立って目をみはっていた。

一瞬もためらわず、夏野はブラウスを脱ぎ捨てた。

……ささやかなレース飾りのある白いスリップ。ブラジャーはつけていない。

胸にはうっすらとふくらみがあり、その頂《いただき》に薄桃色の珠《たま》が透けていた。

夏野には色香の萌芽《ほうが》のような、ほかの女子とは一線を画する、匂うような雰囲気があった。

スリップだけになった華奢《きゃしゃ》な上半身を昂然と晒《さら》し、夏野はその場でくるりと一周回って見せた。

女子の間から悲鳴が上がった。

左の鎖骨の下からおへそにかけて——スリップの生地を透かしてくっきりと分かる——背中の左半分、左脇腹、左の二の腕も——夏野の左半身には黒ずんだ紫を帯びた紅い痣《あざ》が、あざやかに、凄惨に、雪原に忽然《こつぜん》と現れた焼け野のように広がっていたのだ。

智巳はさっきから口を開けっ放しにしていた。

満利江でさえ毒舌を吐かなかった。

勢也はそのまま尻であとずさった。

夏野がスカートに手をかけた時、私は金縛りが解けたように駆け寄っていた。

「だめ！」

カーディガンを夏野に着せかけてその身体をくるむ。

「そんなことしたら、絶対だめだから」

「新田さん……？」

夏野がびっくりしたようにまばたきした。

「反対票を入れたら悪いって言うの？　何のための投票なのよ。ばかじゃない？」

私はブラウスと本を拾い、夏野の席からランドセルを取って右手に持ち、左手で夏野の手を引いて保健室に行った。

「すいません、着替えだけさせてもらいます」

養護の先生が口を開く前に言って、あとは何も説明せず、夏野がブラウスを着るのを背中を向けて待っていた。やっぱりそっちは向けない。痣があまりにもあざやかな色彩を放ち、痛々しすぎる。

夏野が服を着てしまうと、挨拶もそこそこに保健室を出た。クラスの子に会ったらいやだと思ったけれど、昇降口を出るまで誰にも会わなかった。

通学路になっている歩道は狭く、足元に舞い落ちた街路樹の葉をよけた拍子に夏野の肩と肩がぶつかりそうになる。夏野は硬い横顔を向けたままだ。

「かっこよかったよ、さっきの」

「え？」

夏野が初めて目を上げて私を見た。

「でも、二度としないでね。あんなやつらは張り倒しても蹴倒してもいいけど、自分で自分を損なうようなことはしちゃだめなんだから」

「難しいことを言うんだね。汚い手で脱がされるよりはいいでしょ？」

「だめ！」

私は右手の小指を突き出した。

「もうしないで。絶対。約束」

夏野の口元がほころび、思いがけず笑顔になった。

「うん、約束ね」

二人で小指を絡めて早口に「指切りげんまん」を歌い、同時に、

「指切った！」

と、放す。

「遅くなっちゃった」

「急ぐの？」

「そうでもないけど、おばあちゃんを手伝わなきゃ」

「家のお手伝い？　偉いね」

「偉くないよ。しょうがないの。居候《いそうろう》だから」

「居候？」

訊き返した時、交差点に出た。

ここは坂の途中で、左へ曲がると坂をゆるやかに上って地下鉄の駅に着く。右に曲がるとわり

あいに急な下り坂が国道にぶつかる。どちらにも曲がらずにまっすぐ横断歩道を進むと、交番と大きな総合病院が並んでいる。

「どっち?」

「左。八木さんは?」

「私はまっすぐ」

夏野は前方を指差す。青信号が点滅しはじめた。

「ごめん、行くね。ありがとう」

夏野が少し急ぎ足になって横断歩道へ踏み出す。

「明日、八時十分、ここで待ってる!」

夏野は振り返り、頷いて手を振った。


翌朝、夏野は時間ぴったりに交差点を渡ってきた。

歩きながら夏野と何を話したのか思い出せない。私ばかりがどうでもいいおしゃべりをしていた気がする。

教室に着くと、皆が後方に群がっていた。

後ろの黒板に書かれていた今週の予定、今日の宿題、時間割りなどが消されて、絵が一面に描いてあった。

奥行きのある繊細な絵で、どんな特殊な画材を使ったのだろうと近くで見ると、白、黄色、ピンク、緑、水色、紫の六色のチョークを駆使して濃淡をつけたり色彩を重ねたりしている。

たんぽぽ、すみれ、チューリップ、薔薇《ばら》、向日葵《ひまわり》、忘れな草……季節におかまいなく、知っている花を全部並べましたと言わんばかりの架空の花園を、蝶の翅《はね》をもつ妖精が舞う絵だった。右の二枚の翅は白、左の二枚の翅はピンクと紫を塗り重ねたまだらの模様。頭に触角のある少女の妖精は濃緑色の髪をうなじでそろえて、虹色のドレスを着ている。肌は白と黄色を混ぜて表現されているけれど、左の鎖骨のあたりと、ノースリーブからむきだしになった左の上腕部にはピンクと紫とが濃く重ねてあった。

——夏野だ。

髪の長さといい、卵型の顔の輪郭といい——。

何て手のこんだ悪意だろう。まるで童話の一場面みたいな、こんなメルヘン画に見立てて夏野の痣を揶揄《やゆ》するなんて。

私はとっさに黒板消しをつかんで少女を消した。夏野が晒し者にされているようで我慢できなかった。

一回こすっただけでは色彩が残ってしまう。力をこめて左の翅を消し、右の翅を消す。

「新田さん」

振り返ると、夏野が淡い笑みを浮かべていた。昨日指切りをした時の笑顔とは違って、それは、ぞくりとするような冷たい笑みに見えた。

「私、帰るね」

夏野が通ると皆がさっと道を開ける。昨日までならこんなことはあり得なかった。自虐と紙一重の、ひりひりするようなプライドを見せつけられて一目置《いちもく》いた——というより、「触らぬ神に祟りなし」の気持ちに近いのだろうか。

「八木さん、待って！」

追いかけようとして大橋とぶつかった。

「きゃっ」

「何が『きゃっ』だ、席に着け！　おまえらも何してる！」

皆がばたばた着席する。

「まだチャイム鳴ってないですよ」

一応、教えてあげた。

「俺が来たら着け！」

何でこんなのが担任なのか、ため息がこぼれる。無視して夏野を追いかけようとしたら、本当に始業のチャイムが鳴ってしまった。


大橋は激怒した。黒板に気を取られて私は見ていなかったけれど、夏野の椅子と机の左半分に赤い絵の具が塗られていたのだ。もちろん備品を汚したことに立腹しただけで、人を傷つけるという行為に憤《いきどお》る大橋ではない。

大橋は不運な日直にバケツで水を汲んでこさせ、雑巾《ぞうきん》でできる限りふきとらせた。さらに昼休みをつぶして緊急学級会という名の犯人探しが行われることになり、いつものように司会進行役として智巳と満利江が前に出た。

「今言えば先生は叱らないと言っています。やった人、正直に言いませんか？」

誰が今ここで手を挙げて、自分がやりましたなんて言うだろう。だいたい、夏野にいやがらせしていた中心人物は智巳と満利江だ。その二人が司会進行で夏野いじめの犯人をつきとめようなんて、ミイラがミイラ採りに行くようなものだ。

智巳はたっぷりと間をとって教室中を見回した。

「――いないならしかたないです。じゃあ、何か見たとか、何か知っている人がいたら挙手して下さい」

私は右手を上に伸ばして立ち上がった。

「笹塚くんと山辺さんはどうなんですか？　昨日の流れから考えると一番疑わしいのは二人なんですけど」

「ふざけんなよ。俺じゃねえよ！」

智巳はつぶらなたれ目――おたまじゃくしのようで可愛いと言う女子も多い――をつり上げて怒鳴り、それから急にとりつくろって、

「何のことを言ってるのか分からないな、悪いけど。――山辺さん、何か知ってる？」

満利江はきょとんとして首をひねった。

「昨日のことって、練習に出ないことで八木さんを注意したことですよね。八木さんが何を勘違いしてあんなことをしたのか分かんないけど、私たちのせいにされても困るっていうか」

「とにかく僕たちじゃないよ。当然だけど」

あきれるほど息がぴったりだ。

「そりゃあ絵を描いたのはあなたたちじゃないでしょ。あんなにうまいわけないし」

つい絡んでしまったけれど、大橋の大のお気に入りの二人が、大橋がきらう夏野をいじめたところで問題にもされないことは分かりきっていた。

「私が訊きたいのは、あなたたちが誰かに命令しなかったかってこと」

「命令って、王様みたいに？　いいなあ、それ」

晴れやかな笑顔を見せながらも智巳の目は笑っていなかった。

「僕は誰にも命令なんてしないよ」

「そうよ。言いがかりはやめて下さい」

智巳に比べて感情を隠すのがへたな満利江の顔は赤い。

「はい！」

勢也が意気込んで手を挙げた。

「笹塚くんと山辺さんは昨日僕と一緒に帰って、今朝は僕のあとで登校してきました。昨日帰る時には教室はどうもなってなかったし、今朝来た時はもうああなってたから、二人は絶対に犯人じゃありません」

だから、誰も二人が実行犯だとは言っていないし、腰巾着《こしぎんちゃく》のあんたの証言なんか一番信用できない——なんて、不毛なやりとりをする気はなかった。

「なら、もういいです」

あとのことはほとんど聞いていない。だから、どういう経緯で一組の高田要《たかだかなめ》の名前が挙げられたのか私には分からない。

たとえ一度も同じクラスになったことがなくても、五年生にもなれば同学年の子の顔と名前くらいはだいたい全員一致するし、どんな子かも知っている。表面的なことなら。

表面的というのは、要についてならたとえばこんなことだ。三年生の時に転校してきたこと。物静かな男の子で、度の強い眼鏡をかけていて、休み時間は一人でノートに何か描いていること。絵がじょうずで、じょうずすぎて発表会の劇に使う描き割りを描かせてもらえないこと——というのも、要の描いたものだけが別格の緻密《ちみつ》さを持ってしまい、ほかの生徒の描いたものと調和がとれないからだ。

あれほどに描けるのは、確かに高田要くらいかもしれない。でも、一組の彼がわざわざ二組にきて夏野へいやがらせをする理由は何だろう。そもそも、夏野の痣をどこで見たのだろう。

私は隣の男子を指でつついた。

「ねえ、どこから高田要が出てきたの？　絵がうまいから？」

「見たってやつがいるからじゃん？」

男子は面倒くさそうに答えた。

「黒板に描いてたのを？」

「ほかに何かあるのかよ」

「机と椅子は？」

「それも高田じゃねえの」

大橋は「一組の担任の先生と相談してみるからこれ以上騒がないように」と言い渡し、

「それと、八木はもう来んからな。最初に言ったようにご家庭の都合でまた転校する。本当は今日が最後だったんだが、今朝、急に体調が悪くなったそうだ」

「すごく残念です。八木さんのああいう態度が痣のせいだって分かって、あんなひどい痣があったら無理ないなって……せっかくみんなの誤解が解けたところだったのに」

満利江の鼻にかかった声を聞いていたら、私まで気分が悪くなった。


帰り道、交差点を左に曲がらずに横断歩道を直進した。右に交番、左に大きな総合病院の建物を見ながら路地を抜ける。

夏野はマンションにおばあさんと二人で住んでいるという噂だった。

マンションを見つけるたびに集合ポストの名札をチェックし、三棟目のマンションのポストに「八木松子《まつこ》」の名前を見つけた。八木というのはそれほどありふれた名字ではない。部屋番号は三〇二号。エレベーターが下りてくるのを待てずに階段を駆け上がった。

チャイムを鳴らすと、いきなりドアが開いた。

出てきたのは生《は》え際が悲鳴を上げそうなほど髪をひっつめたおばあちゃんだった。身だしなみ程度のお化粧もしていなくて、眉毛はないに等しく、肌には茶渋のようなしみが浮き上がっている。

煮しめた蕗《ふき》のような色の和服から立ち上る強烈な樟脳《しょうのう》のにおい――。

――夏野のおばあちゃんだ。

夏野と全然似ていないけれど、でも、絶対そうだ。夏野の髪をぎざぎざに切ったのはこのおばあちゃんに違いないと、私は根拠もなく確信した。

「こんにちは。突然すみません。なつのちゃんいますか？　私、なつのちゃんのクラスメートで新田瑞葉《みずは》といいます」

「なつの？　そんな子、うちにはいないよ」

ドアを閉めようとしたから、私はたちの悪い新聞勧誘員のようにとっさに靴を挟んだ。

「第二小の五年二組で一緒なんです。転校するって聞いて――」

おばあちゃんは、ああ、と、投げやりに頷いて、

「かやね。かやならさっき出かけたよ」

そういえば夏野は「かや」と読める。夏野の自己紹介は聞こえなかったけれど、おばあちゃんが言うのだから、「なつの」ではなく「かや」が正しいのだろう。

まず名字だけ、それからフルネームで呼ぶというくせを持つ大橋は、出席をとる時、あるいは指名する時、「やぎ、やぎなつの！」と声を張った。わけもなくいらだたしげに。夏野は訂正しなかったから、「なつの」だと思っていたのだ。

「かやちゃん、どこに出かけたんですか？」

「さあ、知らないね」

「どこか行きそうなところ、分かりませんか？」

「知らないって言ってるじゃないか。しつこい子だねえ！」

あきらめて足を引くとドアが鼻先で閉められた。鍵と、旧式のチェーンを掛ける音が必要以上に響く。

その後何週間か、私は夏野からの手紙を待っていた。転入時に第二小の名簿をもらっているはずだから、私の住所は分かるはずだった。

返事を書くための便箋セットまで買ったのに、とうとう手紙はこなかった。

その年の春はもどかしいほどゆっくりと訪れた。

校舎を囲む桜のつぼみはようやくふくらみはじめたものの、風は冬と変わらない冷たさで、白っぽく霞《かす》んだ空からそそぐ陽射しはあまりにも淡い。

あれは卒業式の五日前——三月十九日のことだ。

放課後の家庭科室の冷え切った床の上で、一人の男子生徒が左胸を包丁で刺されて死んでいた。

生徒の名前は高田要。

要は全裸で、左半身を真っ赤に塗られ、胎児のように身をまるくしてカーテンにくるまっていた。

夢見るような微笑みを湛えて——。

第三章　最後の微笑

虫たちはかたずを飲んで、さなぎの殻が次々に破られるのを見守った。
一番目の蝶は、月光のような銀色の翅を広げた。
二番目の蝶は、太陽のような金色の翅を。
三番目の蝶は、空のような水色の翅を。
四番目の蝶は、若草のような緑色の翅を。
五番目の蝶は、炎のように紅い翅を。
六番目の蝶は、昼のように真っ白な翅を。
七番目の蝶は、夜のように真っ黒な翅を広げた。

*

その少女が予鈴ぎりぎりに現れた時、教室は色めき立った。公立高校に編入生はめずらしい。掲示板に貼り出されたクラス分け発表の用紙にその見知らぬ名前を見た時から、皆、多かれ少なかれ「鈴林夏野」に興味があったのだ。

ウエストに届きそうなストレートの髪は光沢のある栗色なのに、不思議と古風な風情《ふぜい》で、みやびやか、という言葉さえ浮かんでくる。濃くて長い睫毛がやや伏し目がちな印象を与え、色白の肌に、唇は何度も何度も嚙みしめたように紅い。

その唇と、煙水晶のような淡い瞳に見覚えがあった。

小学校五年生の二学期、わずかな期間だけ第二小学校にいた少女。親しくなりかけたのに、その直後に転校してしまった少女。あの時は八木という名字だった。

予鈴と同時に担任が来たから声をかけに行きそびれた。

担任はむっつりした五十がらみの男性教師で、編入生の紹介をしようともしない。そのまま体育館に移動して始業式、教室に戻って淡々と委員決め、今後の学校行事についての説明、教科書と参考書の配布——。

ようやく解散となるや、男女取り混ぜた十数人が先を争うように夏野を取り囲んだ。

出遅れた私は近づくこともできず、あきらめて帰りに向かった。

明日でいい。夏野は逃げないのだから。

地下鉄の駅から学校までは迷いようのない一本道で、幹線道路沿いの歩道は多くの生徒の通学路になっている。信号待ちをしていると、背後から肩を叩かれた。

「新田さん。——瑞葉ちゃん」

まさかと思って振り向いたら、夏野だった。私は、夏野が私の下の名前を正確に呼んだことに驚いた。

「なつ――かやちゃん」

夏野からは熟《う》れきらない梨の実をさくりと切った時のような瑞々《みずみず》しい香りがした。

「ショートカット。変わってないね。すぐ分かった」

淡い虹彩にヒオウギの実のような瞳孔がくっきりと浮かび上がる。儚《はかな》い声はあいかわらずだけれど、あの頃と違って人をいらだたせるような小ささではなかった。

「憶えててくれたんだ」

「あたりまえでしょ？　瑞葉ちゃんこそ」

「あんな急にいなくなるなんて。私、夏野ちゃんのマンションに行っちゃった」

「やだ。知らなかった。おばあちゃんがいた？」

「うん」

樟脳《しょうのう》の妖怪のような老婆を思い出す。

「ごめんね。あの人、失礼な態度とったでしょ？」

「夏野ちゃんは出かけた、どこに行ったか知らないって、とりつく島もなかった」

「あの人は父方の祖母。それまで会ったこともなかったんだけど、あの期間だけ一緒に暮らすことになったの」

「第二小にいる間だけ？」

信号が青になった、頷いた夏野は私を促すように歩き出す。横を向くと夏野の濃い睫毛や繊細な鼻梁《びりょう》が目に入る。

夏野は百五十八センチくらいだろうか。あの時はそれほど身長差がなかったけれど、今は私の方が五、六センチ高い。

「八木は父の名字。鈴林は母の名字で、四月からは母と暮らしてるの。実の母だけど、ほとんど初対面みたいなものね。母は私が赤ちゃんの時、離婚届を置いて恋人のところへ行ったから」

急にそんなことを言われて私はいささか困惑したのだけれど、夏野は澄まして言葉をついだ。

「父は私が三つの時に再婚して、私はその時に母方のおばあちゃんに引き取られたの。どうしてかっていうと、こんな痣のある子を他人に育てさせるのも、育てられる子供も、おたがいが不幸だから」

夏野はくすくす笑う。少しもおかしくないのに。

「おばあちゃんは私を可愛がってくれたけど、そんなに可哀想がらないでくれればいいのにって思った。こんな身体に生まれついたのは夏野のせいじゃないとか、薄くする方法があるかもしれないから気にしちゃだめだとか、そんなふうに言われるたびに、消えてなくなりたくなった」

おばあちゃんは夏野をなぐさめるつもりで口にしたのだろう。けれど、それらの言葉は幼い夏野に「自分は醜い」という意識を植えつけずにはいなかった。だからあの頃の夏野はいつも罪を犯した人のように俯いていたのだ。

「おばあちゃんの家は二世帯住宅でね、玄関が違う完全分離型で、一階におばあちゃんがいて二階には母の姉の家族がいたの。伯母さんと伯父さんと、同い年のいとこ。いとこをおばあちゃんに預けて、伯父さんも伯母さんも外で働いていたから、私はいつもその子と一緒だった」

淀みのない口調で夏野は話し続ける。最初のうちこそ違和感を覚えたものの、次第に私はその身の上話にひきこまれていった。

「その子は私の痣が綺麗だって言ってくれた。なぐさめじゃなくて、心から」

瞬間、夏野のまなざしが彼方《かなた》を泳ぐ。

「おばあちゃんはお習字の先生で、私が生まれるちょっと前におじいちゃんが亡くなってからは自宅で教室を開いてて。通ってくる生徒の中にはおばあちゃんと個人的に親しくしている人がいて、私といとこのことも可愛がってくれた。おばあちゃん、私といとこをその人に預けて出かけたことがあったの。私たちもその人になついていたし、何も問題はなかったんだけど、私、ココアで親指に軽い火傷《やけど》をしちゃって」

夏野は左手をのばして陽射しにかざす。水色の珊瑚《さんご》のような血管が透けて、指は関節がないのかと思うほど細い。

「痕《あと》も残らなかったくらいだし、火傷したのはいとこじゃなくて私だったのに、伯父さんが激怒して……預かったその人じゃなくて、おばあちゃんにね。無責任すぎるって」

「自分たちもおばあちゃんに子供を預けといて?」

働いていたのだからしかたがないのかもしれないけれど、「預かってくれるおばあちゃん」がいない人だってたくさんいるはずだ。

「おばあちゃんもそうやって怒って、売り言葉に買い言葉みたいになって、伯父さんたちは二世帯住宅を出て行ったの。私といとこが八歳の時。たぶん私の火傷はきっかけにすぎなくて、小さな不満が積み重なった結果なのよね」

さすがに転居先は知らせてきたものの、社交辞令でも「遊びにきて下さい」と言わない。いとこを連れて訪ねてもこない。くだらない大人の都合で夏野といとこは会えなくなった。

「その二年後におばあちゃんが脳梗塞《こうそく》で亡くなって、私は父に引き取られることになったんだけど、それまで音信不通だった母が私と暮らしたいと言い出して。……ごめんね、こんな話」

「ううん、聞きたい。聞かせて」

地下鉄の入り口の狭く急な階段を下り、私たちはホームのベンチに並んで座る。

「母は再婚していたけど、子供はいなくて、再婚相手も賛成してくれてるって。父は今更勝手なことを言うなって怒るし、母は私が冷遇されるに違いないって……二人とも譲らないからすごく揉めたの。結局、当事者の私の気持ちが尊重されることになって——最初からそうしてほしいわ——私は父を選んだ。母と違って、父は責任を果たしていたと思ったから。よく会いにもきたし、金銭的なことも。ただ、父のところはちょうど家を建てていて、アパートで仮住まいをしている時で、狭いのを我慢してすぐにも父たちと暮らすか、家が完成するまでしばらく父方の祖母と暮らすか決めなきゃいけなかった」

「それで、会ったこともないおばあちゃんと住むことにしたの？」

「他人と同居するのって難しいから……。父たちとは、ずっと家族としてやっていかなきゃいけないでしょ？　狭い仮住まいのせいで険悪になりたくなかった」

小学生らしからぬそういう考え方をしたのは、完全分離型二世帯住宅でもうまくいかなかった例を実体験として知っていたからだろう。

「父方の祖母は夫を亡くしてからひとり暮らしで、マンションの間取りは3LDKっていうから、私が居候《いそうろう》するスペースくらいあるし、祖母ならもし関係が悪くなってもかまわない、そう思ったんだけど。ひとりで気ままにしていたところに、祖母もさぞ迷惑だったでしょうね。申し訳なかったなって、あとから思った。でも、まさかあれほど憎まれているとは知らなかったから」

「憎む？　夏野ちゃんを？　どうして？」

「ふしだらな女の娘だからに決まってるでしょ？」

夏野はこともなげに言う。

「お母さんのことで？　夏野ちゃんに関係ある？」

「ないと言えばないけど、あると言えばあるのかもね。実の母だから。髪がこんな色で長いのも唇が紅いのも気に入らないって。唇はどうしようもないけど、髪の毛は切られちゃった。そのへんにあった鋏《はさみ》で」

くすっと笑う。

「おまえは痣があってよかったって言うの。その身体じゃ母親みたいにふしだらなことはできないだろうから、その痣は神様からの贈り物だよって。すごいでしょ？」

「何がすごいのよ。笑って言わないで」

語気を強めた私を夏野は不思議なまなざしで見た。——見透かすような、憐れむような。

「一か月とちょっとだもの。我慢できたわ。父のところに移ってからは平和だった。新しいお母さんは温かい人で、妹も無邪気になついてきて可愛かった。そのあと父の会社が外資系の企業に吸収合併されて、急にトロントに赴任が決まって。妹はまだ小さいし、家族で一緒に行くことにしたの。現地の学校に通って、いやな思いもしたけど、環境にも言葉にも少しずつ慣れた。クラスにはいろんな人種の人……いろんな肌の人がいてね、そういうクラスメートと接しているうちに、いつのまにか痣を意識しないようになってた。でも今年の一月に父が亡くなって、急遽《きゅうきょ》日本に帰ってきたの」

「たいへんだったんだね。それで、今は本当のお母さんと――」

「母は私と暮らすことをあきらめていなかったのね。新しい夫とも死別して、ひとり暮らしが淋しかったのかな。その人、もう高齢だったからしかたないと思うんだけど」

「うまくいってるの？」

「そうね。おたがい干渉しないで、何とか。私ね、五年半一緒に暮らした八木の母と妹が大事なの。幸せになってほしい。そのためには私がいない方がいいの。私がいなければ妹だけにお金をかけられるし、八木の母は自分の実家に頼りやすいでしょ？　それに、もし再婚したくなった時、血のつながらない、小さくもない娘がいたら敬遠される。枷《かせ》にはなりたくなかった」

アナウンスが流れ、電車がホームにすべりこむ。地下鉄特有のなまぬるい強風が、同時に立ち上がった私たちのスカートをはためかせた。


校庭は砂ではないのに、どこの土をさらってくるのか、時折吹き抜ける風は土埃《つちぼこり》がひどくて、私は何度も目をこすった。

放課後の屋上は私と夏野のような、二人か三人でひそやかなおしゃべりをする女子生徒たちの聖域だ。それぞれが距離をとって、金網にもたれたり、金網をつかんで校庭を見下ろしたりしている。

音楽室の窓が全開なのだろう、下からは吹奏楽部の演奏が聞こえていて、あまりうまくないトランペットがさっきから耳障《みみざわ》りだ。

「夏野ちゃん、部活どこか入る？」

運動部の男子たちは競うように夏野をマネージャーに勧誘した。ぬるい部のマネージャーなら心臓に疾患があってもやれないことはないだろうが、夏野はそっけなく断り続けている。早ければ秋の文化祭、遅くても年度末には引退するから、どうせ今からどこかに入っても実質の活動は一年に満たない計算になる。

「そんな時間はないの」

「習いごとか何かやってるの？」

「これからやるのよ。習いごととは違うけど」

夏野はそれ以上説明しようとはしなかった。

「瑞葉ちゃんは天文部だけ？」

「うん。今はね」

天文部は文化祭でプラネタリウムをつくって上映するのと、夏休みに高地で流星群を観る二泊三日の合宿がメインの活動——というよりも、それしか活動しない部だ。二つの部まで所属できることになっているから、かけもちの子も多い。

二学期は文化祭の準備でそこそこ忙しくなるけれど、一学期は特にすることがない。期末テスト前に合宿の具体的な場所を決め、ペンションなどに交渉して予約するくらいだ。

時間を奪われるような部ではないし、夏野と合宿に行けたら楽しいだろうから、ぜひ誘いたいところだけれど、不愉快な男子部員が約一名いるためにそれができない。

「去年は美術部にも入ってたんだけど。顧問だった美術の先生が去年の十二月で急にやめちゃって。前の先生の時は何でも好きなものを描けたし、絵本やマンガを描くのだってＯＫだったのに――まあそれも極端だけど、新しい先生は油絵しか認めなくて、しかもモチーフは先生が決めて全員同じものを描かされるんだよ。つまんない。今、部員一人しか残ってないんじゃないかな」

「去年までの美術部なら入ってみたかった」

「本当？　残念」

「絵本を描きたい。じょうずに描ける子を知ってて、すごいなと思ってたの」

「カナダで？」

夏野は曖昧に微笑んだ。

「瑞葉ちゃんは何を描いていたの？」

「水彩で風景画を。人物画は描いたことないなあ。でも、夏野ちゃんなら描きたかった」

「描くなら痣も描いてね」

「え？」

比較的安定した木管楽器のパートが続いていたのに、突如、例のけたたましいトランペットが音程を外した。

「ねえ、あの絵――あの時の黒板の絵、誰が描いたか分かった？」

話すべきか否か、夏野に再会した時から私はずっと迷っていたけれど、夏野も同じようにためらいながら、切り出す機会をうかがっていたのかもしれない。

「一組の高田要って男の子だった。三年の時に転校してきた子で、すごく絵がうまい子」

高田要は夜の校舎に忍びこんで黒板に絵を描いたことを認めた。その翌日から一組では要へのいじめがはじまった——断罪として。一組の生徒は夏野のことを知らないに等しいというのに。正しさを振りかざして、一人の標的によってたかって残酷な仕打ちをするのはさぞ痛快なことだったに違いない。

第二小ではクラス替えは二年ごとだから、クラスも担任も持ち上がりで六年生になった。塾で一緒だった一組の子によれば、いじめは下火になっては再燃することを繰り返し、執拗に続いていたようだ。

「——その子——高田くん、死んだの。学校で」

ほかの子の口から面白半分に耳に入るよりは私が正確に伝えた方がいい。第二小出身者は私だけではないのだ。

あの日のことをどこから話せばいいのか——そう、たとえば〝エンジェルさん〟のことからはじめるのはどうだろう。

鳥居のマークと五十音表、0から9までの数字、「はい」「いいえ」を書いた紙を用意する。複数人が十円玉などの硬貨に人差し指を置き、〝エンジェルさん〟を呼び出してそれに宿らせる。さまざまな質問をすると、硬貨は文字の上を移動して答えを告げるという降霊術まがいの遊び。こっくりさんと言った方が早いだろう。

このたぐいの行為は世界中で昔からあるけれど、集団催眠、あるいは集団ヒステリーのようなものを誘発しやすいのだろうか。

いつの話なのか、高学年の女子の間で流行した時、絶叫して倒れる子、痙攣《けいれん》しながら泣き出す子などが出て、近所のお寺の住職を呼んでくる大騒ぎになったそうだ。それ以来第二小では禁止されていたのだけれど、二つ下の妹・佳苗《かなえ》のグループではその〝エンジェルさん〟がブームだった。グループに霊感の強い子がいて、その子を入れて〝エンジェルさん〟をやるとよく当たるというのだ。

あの日――三月十九日。妹がなかなか帰ってこなくて、母が心配して私を迎えにいかせた。昇降口に着いた時、午後四時半の下校のチャイムが鳴った。上履きに履き替えて、保健室、職員室、会議室の並ぶ一階の廊下を急いだ。

西階段と呼ばれる階段の角を曲がる時、ちょうど下りてきた家庭科教師の久岡領子《ひさおかりょうこ》とすれ違った。久岡は私を咎《とが》めるでもなく、俯いて小走りに職員室の方へ去った。

階段の前にトイレがある。その先は空き教室が二つ並んで、つきあたりが家庭科室だ。先生たちに見咎められずに「禁じられた遊び」に興じられる場所を求めて妹たちがたどりついたのが、家庭科室に近い、奥の空き教室だった。あそこで〝エンジェルさん〟に夢中になっているに違いない。

「カナ」

教室には誰もいなかった。

場所を変えたのだろうか。確認のつもりで隣の家庭科室の引き戸を開けた。

「こっちなの？」

シンクとガス台がついた調理実習用の机が六台――前に三台、後ろに三台――並んでいる。後列真ん中の机のシンクに、水彩絵の具用の小さな黄色いバケツ――「米田勢也」とマジックで記名がある――と絵筆が三本、洗われもせずに投げこまれているのが、まず視界に入った。

四枚のカーテンのうち三枚が窓を覆い、カーテン一枚分だけ、切り取られたようにガラスが見えている。引きちぎられでもしたのか、レールはたわみ、カーテンを掛けるランナーが床に飛び散っていた。

ガラスには夕日影《ゆうひかげ》と呼ぶには早い黄金光が映えて、薄く床を覆う埃を可視化し、砂金を流したようにきらめかせている。

その上を窓辺から点々と滴《したた》る、赤、赤、赤、赤、赤……。

赤い雫《しずく》の終着点に、大きな卵のような奇妙な物体が転がっていた。

おそるおそる近づくと、誰かがカーテンにくるまっているのだと分かった。〝エンジェルさん〟の影響で、誰かが自分を卵だとでも思いこんだのだろうか。

「ねえ……？」

卵はぴくりとも動かない。

まるでこの中でまるくなっている誰かは息をしていないみたいに。

まるで――死んでいるみたいに。

「カナ……じゃ、ないよね？」

手をのばしかけて、模様のように見えた真紅のまだらが染み出した血であることに気づいた。

私は声にならない悲鳴を上げて後ろへ飛びすさった。

「何やってるの、お姉ちゃん」

腕を引かれ、ぎょっとして振り向くと妹と三人の友達が立っていた。

「カナ……。あんたたちどこにいたのよ」

安堵のあまり声が尖る。

「トイレ」

「あ、見て見て！　何か転がってるよ！」

「本当だ。怪獣の卵みたい」

「佳苗のお姉さん、あれ何ですか？」

制する暇もなく、四人はそれぞれに飛び出して近くへ見にいき、盛大なる悲鳴の不協和音を響き渡らせた。

「何だ、おまえら！」

担任の大橋が飛びこんできた。

「何やってる！　下校時刻は過ぎてるんだぞ！」

こんな時にも怒鳴りつけるしか能がないなんて——節穴の目には何も見えてはいないようだけれど、この悲鳴を聞けば異常事態であることは想像できるだろうに。

「一一〇番して下さい、先生」

どうにか冷静を装えたのは妹たちのおかげだ。自分より幼くて、守らなければならない子たち。

「新田、いったい——」

「見えません？」

私がそれを指差すと大橋はさすがに顔色を変えた。

「誰なんだ？　新田、おまえ、何か知ってるのか？」

よくもこの状況で、小学生にそんな質問ができるものだ。

「知りません。知るわけないじゃないですか」

大橋が速足でそれに近寄った。妹が小さく「あっ」と声を上げた。

その頃になって、ようやく教頭をはじめとするほかの先生たちが駆けつけた。その中にさっきすれ違った久岡の姿はなかった。

「いやあ、私にもわけが分からないんですよ。手洗いにいたんですがね、子供らの悲鳴に仰天して来てみたらこうですから……」

大橋が内容のない状況説明をはじめたのを尻目に、若い長身の女の先生が私たちの方を向き、膝をかがめて妹たちの顔を一人一人覗きこんだ。

「けがはない？　どこも何ともない？」

妹たちが頷くと、今度は私を見て尋ねた。

「きみは？」

「大丈夫です。みんな、あれを見てびっくりしただけです」

奇妙に尖った濃い眉。頬骨の飛び出した細面《ほそおもて》すぎる顔に、眼鏡のワインレッドのフレームが目立つ。二年生の担任の中原桐子《なかはらきりこ》だった。

名前をもじって「きりぎりす」などと呼ばれたり、あまり人気のある先生ではなかったけれど、この時、彼女だけが大人として、教師として、唯一まともな対応をしたと思う。

男性教師たちは蒼ざめた額をつきあわせて聞くに堪《た》えない協議を開始した。

「警察に連絡しないと」

「救急車が先では？」

「むだだよ。さっきからぴくりとも動かないし、この血の量からしてもう死んでいるだろ」

「生きてるかもしれんじゃないですか。確かめんことにははじまらんでしょう」

「確かめる？　誰がやるんです？」

「ばらばら死体じゃないだろうね」

「勘弁して下さいよ」

「しかし、もしまだ息があったら――」

「そりゃたいへんだ。助かるものを助けなかったとわれわれが責任を問われます」

顔を見合わせて三、四秒沈黙したあと、連中はおもむろに頷き合った。大橋ともう一人が血の染みをさけてカーテンをつかみ、一気に引きはがす。

そうした何の敬意も払われない動作によって、血染めの包丁と一緒に人形のようなものが転り出た。

妹たちがさっきの三倍の声で絶叫した。私の悲鳴は卵殻膜《らんかくまく》のようになって喉に貼りついた。

それは、男の子だった。やせぎすで、小柄で、全裸で、血まみれで、どこからどう見ても生きているとは思えなかった。

彼を特徴づける丸眼鏡が外されていたこともあって――眼鏡は近くの椅子の上に置かれていた――私は遺体が高田要だとすぐには分からなかった。

左手で妹の目をふさぎながら、私はマシュマロのようなその身体を右手でぎゅっと抱きしめた。

「……くん……」

中原桐子がくずおれるようにその場にしゃがみこんだ。

遺体の左半分は真っ赤だったけれど、よく見ると血のせいではなかった。赤い水彩絵の具が身体の左半分に塗りたくられていたのだ。顔から足の裏まで――胸にも、背中にも、お尻にも、お腹にも、局部にもだ。

確かに血は遺体の左胸から流れ出ていたけれど、それで全身が染まるほどではなかった。血液の赤は黒みを含んだ深い赤。

絵の具の赤は安っぽくてぺらりとしている。

左半分をそのぺらりとした赤に染められた顔が、微笑んでこっちを向いていた。瞳は閉じて。

四年生のうち二人は証言など無理な状態で、駆けつけた保護者に抱えられるようにして帰っていったけれど、妹ともう一人の真美《まみ》という子は私と一緒に、私よりも積極的に捜査員の質問に答えた。

――午後二時十五分に授業が終わり、いつものように妹たちはランドセルを抱えて空き教室につどった。

家庭科室に近い方の戸をあえて少し開けておくのは、先生が来ないか交替で見張るためだ。完全に閉め切ってしまうと、いきなり開けられた時にごまかしようがないからだそうだが、図らずも妹たちは現場に出入りする人間を見張っていたことになるのだ。

〝エンジェルさん〟を開始して十分後くらいに、笹塚智巳、山辺満利江、米田勢也、高田要の四人が家庭科室に入っていった。

見張り役の子だけではなく〝エンジェルさん〟をしていた三人も足音に顔を上げて彼らの姿を確認した。智巳と満利江は学年を超えて有名人だし、勢也と要を知っている子もいた。妹は何となく要が三人に連行されているように感じたという。

その後しばらくは気になるような声や音はしなかったが、三十分ほどたって、突然、女子のヒステリックに言い募る声が聞こえた。そして先を争うように、智巳、満利江、勢也が家庭科室から飛び出していった。

この時の見張り役だった真美によれば、時刻は二時五十八分。――二十分ごとに交代するため、見張り役は常に時計を気にしているのだ。

妹は上級生のけんかとしか思わなかった。真美はかなり不審に思ったものの、時間がきたので見張り役を交替した。

以降は誰も空き教室の前を通らなかった。必ず見張りがいるのだから誰か通れば絶対分かる、というのが妹たちの主張だ。

妹たちはいつも下校時刻の二、三分前に〝エンジェルさん〟を終了する。今日も四時二十八分には片づけ終えた。よく倦《う》みもせず二時間もやり続けられるものだ。

帰る前に皆でトイレに寄り、トイレの中でチャイムを聞いた。

トイレから出た妹がふと家庭科室を振り返ると、戸が開いていて、教室の中に私が立っていた。四人で声をかけにきて――あとは私が見聞きしたことと重なる。

妹は自覚していないようだったけれど、これはかなり重要な証言だ。要が家庭科室に入ってから私が家庭科室で遺体を発見するまで、逃げ出した三人以外でそこを通った者はいないことになるからだ。

校舎は家庭科室で行き止まりになり、非常口などの出入り口はない。家庭科室の窓から何者かが出入りしたのでない限り——そしてそれが自殺でないなら——要を刺すことができるのは、智巳、満利江、勢也の三人しかいない。

妹たちに見られていたことで言い逃れはできないと観念したのだろう、三人は要を全裸にして、その左半身に赤い絵の具を塗ったことを認めた。ただしあくまでもいじめではなく、ちょっとした悪ふざけのつもりだったと言い張った。

家庭科室を選んだのは、それが水道のある教室で、一番人目につかない場所にあるからだそうだ。

智巳と満利江は口裏を合わせたわけでもないのに同じことを主張したらしい。面白いからやろうと言い出したのは勢也で、ほとんど勢也がやったのだ、と。

シンクに転がっていたバケツと絵筆は確かに勢也のものだった。ただし、それは勢也が主犯であることの表れではなく、むしろ三人の中で一番弱い立場であったことを示すものだ。だから勢也の罪が二人より軽いと言うつもりはさらさらないけれど。

要は耐えに耐えていたが、ついに包丁を手にして反撃した。妹たちが聞いたのはその時の満利江の悲鳴だろう。

三人は要に殺されるのではないかという恐怖を感じて逃げ出した。そのあとのことは何も知らない——。

つまり、いじめととられてもしかたがない行為はしたけれど絶対に殺していない、過失もあり得ない、包丁には触れてもいないというのが三人の主張だった。――この程度の情報は同じ学校に通っていれば自然と耳に入ってくる。

その主張の通り、要の死は自殺として処理された。家庭科室に一人残された要は絶望して衝動的に、包丁を自らの胸に刺したのだと。

「自殺?」

黙って聞いていた夏野の第一声は語尾を上げたその言葉だった。

「その根拠は? 加害者の三人の証言だけ? 死人に口なしなの?」

「たぶん、指紋とか、窓の鍵とか、そういう物理的なことから自殺ってことになったんだと思う。そこまで高田くんを追いこんだのは三人で、刺してないからって許されることじゃない……っていうか、間接的に殺したことになると思うけど」

クラス内でのいじめに要はずっと耐えてきた。

卒業まであともう少しだったのだ。もう少しで逃れることができたのに、あの日、要が必死で守り抜いてきた心はこなごなに打ち砕かれた。悪意などなかったと笑う三人の悪意によって。

要と智巳は同じ中学校を受験し、おおかたの予想に反して要だけが合格していた。智巳は補欠合格候補者で、本人もまわりも期待して待ったが、繰り上げ合格にはならなかった。そのことがあの日の行為の引き金になったことは想像にかたくない。

「自殺なら服を着ない? 服は隠されたの?」

「高田くんの服と上履きは家庭科室のゴミ箱に入ってた」

家庭科室ならではの生ごみのにおいのするゴミ箱の中で、靴下も下着も綿埃にまみれていた。

「汚れてたから、代わりにカーテンにくるまったってこと？」

「そうなんじゃないかな。寒かっただろうし、裸が恥ずかしかっただろうし、絵の具を塗られた身体を曝《さら》したくなかっただろうから」

道義的観点からか、要がどんなふうに死んでいたか、具体的には報道されなかった。教師たちには厳重な箝口令《かんこうれい》が敷かれたはずだ。

第二小はその土地柄なのか、私立中学校を受験する子供たち――いや、受験させたい親の子供たち――が、近隣の区からも多く集まる。そういう人たちはつてをたどって、学区内の知り合いや、知り合いの知り合いなどの住所を借りるのだ。

これは推測だけれど、学校の印象が悪くなることでわが子の受験が不利になることを恐れて、問題を表面化させたくないと考えた保護者が多数を占めたのではないだろうか。副会長である智巳の母親が仕切っていたＰＴＡと、ことなかれ主義の教師たちは見事に利害の一致を見たのだ。

要の両親は逃げるように町を去った。法やマスコミに訴えるというやり方もあったのではないかと思うが、世間にすべてを晒《さら》して闘うには要が哀れだったのかもしれない。

智巳、満利江、勢也は事件の翌日から登校せず、卒業式も欠席した。

大橋はノーコメントで押し通した。

勢也は国立中学に落ち、満利江はすべり止めに引っかかったのを蹴って――第一志望校でないなら智巳と同じ学校がいいのだ――結局三人そろって地元の区立中学校に進んだ。智巳と満利江がいけしゃあしゃあと中心人物に収まって、何事もなかったかのように中学校生活を送りはじめたのにはあきれるのを通り越して感心した。

本人たちの厚顔無恥だけではどうにもならない。まわりが認めなければできないのだから、二人が何かしら人をひきつける魅力を持っていることは確かなのだろう。不都合はすべて勢也がかぶったようなものだった。

「三人は今どうしてるの？」

「満利江と笹塚は同系列の女子高と男子高で、ずっとつきあったり別れたり。満利江は一途《いちず》だけど、笹塚は中学でも可愛い後輩がいるとちょっかいを出してた。米田はこの学校。実は天文部なんだよね。部活は楽しいけど、それだけがちょっと。向こうもそう思ってるだろうけど」

「米田くん、私のこと分かると思う？」

「名字が違うし、分からないんじゃない？　下の名前も『なつの』って思ってただろうし」

本当は名字や名前の問題ではない。樟脳のにおいを嘲《あざけ》り、たいした根拠もなく夏野を下に見ていた彼らに今の美少女を想像できるはずがないのだ。

「担任がそう呼んでたものね。私も訂正しなかった。違う名前を呼んでくれるならその方がよかったの。あんな男に名前を呼び捨てにされるのはいやだから」

そんな理由で読み間違いを聞き流していたとは知らなかった。

「どっちにしろ私の名前なんてあの人たちは忘れてるでしょうけど」

いつのまにか吹奏楽部の演奏は途絶え、金網ぎわにいた女子生徒たちは私と夏野だけを残して姿を消していた。

「瑞葉ちゃんはどう思う？　発見した時、高田くんは自殺したように見えた？」

「分かんないな。自殺で胸を刺すってあんまり聞かないけど、妹たちが嘘をつくとは思えないし、四人いて全員が不審者を見逃すこともないと思う。そうすると笹塚たちの誰かが刺したってことになるけど、それもどうかな……。少なくともただの自殺じゃない気はしてるけど」

「私、調べてみたい」

「高田くんの事件を？」

「人をそこまで傷つけて、死なせて、何もなかったみたいに笑って日常を送っている人がいるなら許せない。ましてその子は殺されたかもしれないんでしょ？」

夕映えが夏野の意志的な横顔を金色にふちどる。

「高田くんはあんな絵を描いたのに、怒ってあげるんだね」

辱《はずかし》められて全裸で死んでいた要に、夏野は服を脱がされかけた自分自身を重ねているのだろうか。

「彼に悪意があったとは思わないもの」

「そうだよね。誰に描かされたかは分かりきってる」

「描かされた……」

「いいよ、調べてみようよ。私も気になってたんだ。まず関係者に話を……っていっても、高田くんの両親はあのあとすぐ引っ越したし、居場所が分かったとしても傷を抉《えぐ》るようなことはしたくない。笹塚たちに聞くのは論外だし、大橋なんか一番信用ならないし、駆けつけた先生たちの中でまともに話ができそうなのって、中原桐子先生くらいかな。一匹狼っていうか、先生たちの中でも孤立してた感じで、あの先生なら学校側に妙な遠慮はしないでちゃんと答えてくれる気がする」

私は要の死顔を思い出す。怒りや無念、憎しみや苦痛の色など微塵《みじん》もない、穏やかで満ち足りたあの微笑……。

怒りと悲しみと屈辱の中で死んでいったはずなのに、要はどうしてあんなにも柔らかな微笑みを浮かべることができたのか。

私にとってはあの微笑みこそが最大の謎だったのだ。

第四章　血文字

ひらり、蝶がまいあがるたびに虫たちは拍手して歓声を上げた。

最後のさなぎがかえると、虫たちと蝶たちは手をとりあって広場へとくり出し、春をことほぐ宴《うたげ》をはじめた。

こずえの先にもう一つ残っていたさなぎにだれも気がつかなかった。

その小さな小さなさなぎは、みんなよりもおくれて、ひっそりと羽化を待っていた。

＊

「瑞葉ちゃん、今日暇？　四時に中原桐子さんと約束したの」

突然夏野に誘われたのはそれから数日後のことだった。第二小学校に電話をして中原と話し、約束をとりつけたのだという。

「高田要のいとこだって言ったの。事件のことで訊きたいことがあるって」

「いとこ？」

「事件を調べる理由になるでしょ？」

私の家から高校までは地下鉄で四駅だ。途中、ＪＲ線に接続する駅があり、その構内の書店での待ち合わせだった。

「鈴林夏野さん――それに、新田瑞葉さんだね？」

待つほどもなく声をかけられた。数年ぶりに見る中原桐子はワインレッドのフレームの眼鏡をかけた細面の顔に、あいかわらず化粧けはない。黒いゴムで髪を一つに束ねていて、薄い耳朶《みみたぶ》につけた珊瑚《さんご》らしい小さなピアスは無造作なおくれ毛で隠れがちだ。

ストライプのシャツにベージュのパンツ。ぺたんこの靴。身長は百七十センチ以上あるだろう。猫背気味の本人はたぶん自覚していないけれど、顔は小さく、脚が長くてスタイルがいい。

「ケーキでも食べない？　おごるよ」

中原は気さくに言った。


手作りケーキを売りにした小さな店の、四人掛け――といってもきちきちの正方形――のテーブルで夏野と私が並び、夏野の前に中原が座った。中原はカフェオレを注文し、夏野と私はアイスティー、中原に勧められるのを断れずにモンブランを頼んだ。

「高田くんのことは気の毒だったね」

中原の口調はそっけないが、さりげない親身な同情が感じられた。

「私、今年の三月までカナダにいたんです。父が嘘をついたんです。要は事故死と聞いていました。私がショックを受けると思って父が嘘をついたんです。父は多忙で、私一人では帰国も難しく、お葬式には行けませんでした。四月に帰国して初めてあんな死に方だったことを知ったんです。編入した高校に瑞葉ちゃんがいて、仲よくなって、事件のことを話してくれたから」

考えてきたらしい口上を夏野はすらすらと述べた。

「事件の何が訊きたいの？」

「私が知りたいのは、要が本当に自殺したのかどうかです」

夏野はまるで実際に要と親しく、要のために真実を知りたいと切望しているかのような思いつめたまなざしを中原に投げた。

「警察はそう判断したようだね」

「その根拠が知りたいんです。遺書があったとは聞いていません」

「突発的に死にたくなることはあるんじゃない？　まして……」

言葉を濁《にご》したけれど、あんな辱《はずかし》めを受けたのだからと言いたいのだろう。

「要が私に何も遺さずに死ぬなんてあり得ないです」

「そう思うのも無理はないけど」

中原は、やりきれないというような息を吐き、鞄から焦げ茶の革表紙の手帳を出してひらいた。

「電話をもらって、あの頃の日記を引っ張り出して読み返したよ。私がメモ魔でよかったね」

手帳を確認しながら、中原は生徒の私には知り得なかった詳細を話してくれた。

――遺体と一緒にカーテンにくるまれていた包丁は生徒が調理実習に使う家庭科室の備品で、その刃が左胸の傷口と一致した。

家庭科室が使われたのは前日の三時間目の調理実習が最後だった。五年生のクラスで、ほうれん草のバターソテーとプレーンオムレツを作った。

調理実習後に机を拭いて包丁も洗うけれど、小学生のすることだから洗い残しはある。しまう時にも指紋は残る。そういう特定できないいくつかの指紋の中で、要の指紋だけがはっきりと包丁の柄に残っていた。

智巳たち三人の指紋は包丁の柄からも、その包丁が入っていたと考えられる抽斗《ひきだし》からも検出されなかった――。

「包丁を持った要の手首をつかめば……。わざとじゃないとしても、揉み合っているうちに刺してしまうことはあり得ませんか？　三人が包丁の刺さった要を放置して逃げ出したってことは？そういう可能性も考慮されたんでしょうか」

少し奇妙に感じるほど、夏野は真剣だった。

「発見が早かったからね。死亡時刻がかなり絞られたんだ。高田くんが亡くなったのは午後四時前後――。家庭科室から逃げ出す三人を新田さんの妹さんたちが目撃したのは午後二時五十八分のことだ」

「失血死ですよね。包丁を抜かなければ大量出血ははじまらないんじゃないですか？」

「三時から四時まで、一時間も包丁が刺さったままでいた？　助けも呼ばずに？　もしそうなら、それはすでに遠回しな自殺じゃないかな」

中原は手帳のページを繰りながら、

「三人が逃げ出した二時五十八分から、四年生の子たちが帰り支度をしてトイレに入る四時半ちょっと前まで家庭科室に出入りした人間はいない。四年生の子たちがトイレに行ってから新田さんが家庭科室に入るまでには少し間があるけど、その隙に誰かが家庭科室に入りこんで高田くんを刺して逃げ出すことは――理論上は不可能じゃないかもしれないが――現実的には無理が多い。校内に不審者が出入りした形跡はなくて、そういう目撃情報もない。家庭科室の窓の鍵は全部閉まっていた。高田くんが自分で刺したとしか考えられないというのはそういうことなんだ」

「入り口の鍵は?」

「三人が高田くんを連れこんだ時には鍵が掛かっていたそうだ。久岡さん……当時の家庭科の先生が前日にちゃんと点検して閉めたあとだった。鍵を十円玉で開けて、三人は高田くんへのいじめをはじめたんだ。押さえつけて声を出せないようにして、ね」

「先生は、要がなぜカーテンにくるまっていたと考えますか?」

夏野は本当に憤っているように見えた。その生硬な物言いは、抑えがたい怒りを必死で抑えようとしているかのように聞こえた。

「そうだね、やっぱり、思春期の男の子だし。服を着る余力はなかったけど、身体を見られたくないっていう気持ちがあったんじゃないかな」

「まるくなっていたのは?」

「それは、きっと、カーテンがはだけないように……」

「警察もそういう見解でしたか?」

「本人の気持ちを聞けない以上、そう考えるしかないってことだね。――ごめん、私に話せることはこのくらいだ」

そんな夏野を見るのが中原もつらそうだった。

「それと、久岡領子先生はまだ第二小学校にいますか?」

「久岡さん？　新田さんの学年が卒業した半年後にやめられたよ」

中原はカフェオレの残りを飲み干すと伝票を持って立ち上がった。

「ゆっくり食べていきなさい。あんまり遅くなっちゃだめだよ」

中原の姿が消えると、私はモンブランを飾る栗の薄切りにフォークを刺した。夏野があんな表情で質問をしている時には、手をつけることができなかったのだ。

「窓は鍵が閉まってて、廊下は妹たちが見張ってた。高田くんが死んだ時間には誰も出入りしなかったし、できなかった。つまり家庭科室は密室と同じだったってことだよね」

洋酒のきいた甘めの栗クリームと甘さを抑えた生クリーム、アーモンド粉を使ったらしい軽めのスポンジとメレンゲの組み合わせをおいしいと感じ、そんな自分を少しだけ嫌悪する。しょせん、私にとって要の死は他人事なのだ。

「誰も出入りできなかったことと、誰もいなかったことは違うわ。三人が要を連れて家庭科室に行った時、すでに人がいたとしたら？」

「四人より先に？　でも、鍵が閉まってて、久岡先生が点検したあとだったって」

「久岡先生がそう言っただけ」

「久岡先生が嘘をついたってこと？　だから久岡先生のことを訊いたんだ」

「瑞葉ちゃんの妹たちが空き教室を出てから、瑞葉ちゃんが家庭科室に入るまでの空白が三、四分——家庭科室から逃げるだけならじゅうぶんでしょ？」

「でも、笹塚たちがあんなことをできたのは誰もいなかったからじゃない？」

「瑞葉ちゃん、大橋先生と久岡先生の噂って聞いたことない？」

「え？　どんな噂？」

「ううん、噂にはなってなかったのかも。私が見ただけで」

「何を見たの？」

「キスしてるところ」

「嘘……！」

久岡は大橋より十歳は年上だろう。大橋は独身だったけれど、久岡は既婚者で、授業中の雑談にはしょっちゅう一人息子のことが出てきた。常に穏やかで、笑っているような目をした、子供の目から見ても可愛らしい人だった。

「私、朝礼の時に脳貧血で倒れて、一時間目まで保健室で休んでたことがあるの。一時間目は理科で、もう終わる頃だったんだけど、顔だけは出そうと思って西階段の方に行ったら、大橋先生と久岡先生が抱き合ってキスしてた」

理科室は家庭科室の真上だ。保健室から行くなら西階段が近い。

「あの二人、そういう関係だったの？　やだ、久岡先生趣味悪い」

「学校で、授業中に、しかも不倫なんてあきれるわよね」

「夏野ちゃん、それでどうしたの？」

「どうもしない。そのまま通ったの。久岡先生は気まずそうに顔をそらしたけど、大橋先生は睨んできた」

一見儚《はかな》げで可憐に見える夏野だけれど、自ら服を脱ぎ捨てて痣を晒すなんて並の気の強さではない。眉一つ動かさず、軽蔑をこめて、冷ややかに大橋を見つめるくらいのことはしただろう。

「後ろで大橋先生が久岡先生をなだめてた。大丈夫ですよ、あの子はどうせすぐ転校するし、友達もいませんからって」

「最低！　最低は知ってたけどそれ以上、ううん、それ以下！」

憤慨する私に、夏野は淡々と訊いた。

「瑞葉ちゃん、遺体を発見した時、久岡先生とすれ違ったって言ったでしょ？」

「うん。久岡先生がちょうど西階段を下りてきて」

「どのへんから下りてきた？」

「廊下を歩いてる私とすれ違うくらいだから、あんまり上からじゃなくて……あ」

夏野の言いたいことが分かった。

「本当は家庭科室の方から来て、私が来たからあわてて階段を二、三段上がって、回れ右で下りてきたふりをしたってこと？」

「その可能性はない？」

「可能性はあると思う」

そう考えれば、久岡が下校チャイム後に校舎をうろうろする私を咎めもせず、後ろめたそうに急いで行き過ぎたことの説明がつく。

「あの時、久岡先生が家庭科室に隠れてた……？」

「不倫相手と一緒にね」

「大橋と……」

そういえば大橋はあの日、五時間目の授業を早めに切り上げ、チャイムが鳴る前に教室を出たのではなかったか。おまえたちは静かにして、チャイムが鳴ってから帰るんだぞと念を押して。

そんなことはそれまでにもあったから、気にもとめなかったけれど。

モンブランの最後の一口を食べ終えて、空いたお皿を隅に押しやり、私は夏野にそのことを話した。

「それに、大橋は真っ先に駆けつけて、ちょうどトイレにいたって言ってた」

そう、真っ先に。——今思えば不自然に早すぎた。

もしかしたら、大橋は第一発見者のふりをするつもりだったのかもしれない。私や妹たちが先に家庭科室に入ってしまったことは計算違いだったのかもしれない。

私は適当なノートを出して、後ろの方の白紙のページをひらき、時系列を書き出してみた。

十四時十五分　五時間目授業終了
　大橋・久岡、家庭科室で密会（中から鍵を閉める）
十四時二十分頃　四年生女子四人、空き教室で〝エンジェルさん〟開始
十四時三十分頃　智巳・満利江・勢也が要を家庭科室に連行
　大橋・久岡、隠れる（外から鍵を開ける間に）
　いじめ行為がはじまる
十四時五十八分　要の反撃（包丁を出す）
　智巳・満利江・勢也、家庭科室から逃げ出す
十六時頃　要、死亡

十六時二十八分　〝エンジェルさん〟終了　四年生女子四人、女子トイレに移動
大橋・久岡、家庭科室を出る（大橋は男子トイレ　久岡は西階段へ）
瑞葉、学校到着
瑞葉、西階段の下で久岡とすれ違う
十六時三十分　瑞葉、家庭科室で要の遺体を発見
四年生女子四人、家庭科室に来る
大橋、家庭科室に来る
中原・教頭など数人の教師、家庭科室に集まる

「大橋は妹たちが〝エンジェルさん〟をはじめるより前に家庭科室に行った。そこに久岡先生が待ってて、二人は――」

「していたのね」

夏野が眉一つ動かさずに言う。

――もしそうだとしたら。

カーテンを閉め切り、鍵を掛けて、二人が「していた」のなら。

要が連れてこられた時、とっさに隠れたのも当然だ。

残酷ないじめがはじまってもこれを放置し、要が包丁を取り出しても、智巳たち三人が逃げ出して要が自殺を図っても尚、救護もせずに身を隠し続けた――保身のために。

空き教室に妹たちがいたために立ち去ろうにも立ち去ることができなかったのだ。

その前を通ればあの子たちに見つかり、家庭科室にいたことがばれてしまう。不倫関係が白日《はくじつ》のもとに晒される。わが身可愛さにいじめを黙殺したことも追及される。

だから、妹たちが空き教室を去ってから家庭科室を出て、はじめから家庭科室になどいなかったようにとりつくろった。

もっとひどいのは大橋か久岡が要を刺した可能性だ。不倫を見られたから口封じ……いくらなんでもそれはないだろうか。でも「黙っていろ」とおどかすつもりが、誤って刺してしまうことはあり得る。

憶測だけで二人が家庭科室にいたと決めつけるのは危険なことだけれど、あの時の久岡と大橋の言動を思い出すと奇妙につじつまが合うのも事実だった。包丁はカーテンの中で抜かれたのだから、返り血もほとんど浴びなかっただろう。

夏野はモンブランには目もくれず、片手で髪を押さえ、無言でページを凝視している。

血が滲《にじ》んだような唇の紅さはいつものことなのに、なぜか、ぞくりとした。


次の土曜日、夏野と私は学校帰りに第二小学校を訪れた。遊びにきた卒業生という顔で堂々と校舎に入り、そのまま家庭科室に向かう。家庭科室に大人二人が隠れられる場所があるかどうか確認するためだった。

見咎められたら大橋に会いにきたと言えばいい。それで本当に会う羽目になったら久岡のことをほのめかして反応を見てやるのも面白い。そう思っていたけれど、職員室の前を通り抜けて西階段を曲がると人影はなかった。

家庭科室は通常の教室より広く、調理実習用の机が生徒用に六台、等間隔に据えられている。教師用の机はシンクが横長に広く刳《く》られていて、その下には大人二人がもぐりこめるだけの空間があった。

「これならじゅうぶんだね。瑞葉ちゃん、見えるか確認して」

夏野がしゃがんでその空間に入りこむ。

通常の四本脚の代わりに調理器具を入れる戸棚になっているので、前に回りこんで覗きこまない限りは見えない。そう言うと、夏野は出てきてスカートを払い、今度は窓辺をゆっくりと歩いた。

端に寄せられた四枚のカーテンのうち一枚だけが新しく、生地に張りがあって、クリーム色が明るい。

「あの時はカーテンが閉まってた」

「いつも閉めるの？」

「普通は閉めないと思う。夏とか、よっぽど眩しければ別だけど」

「三月だものね」

「寒い日だった」

歩を止めた夏野はカーテンを見つめたまま、

「彼はどこで死んでいたの？」

「あそこ」

忘れもしない、三列ずつ並んだ机の前列と後列の間。真ん中よりやや廊下寄り。顔をこっちに向けて――。

　夏野は私が指差した場所に横たわり、まるくなって膝を抱いた。

「こう？」

　瞼を閉じる。

「夏野ちゃん……？」

「硬い。油じみてべたべたする。――冷たくて、生ぐさくて、埃っぽい」

　夏野の白い横顔に髪が乱れかかる。睫毛の影が頰に落ちる。

「空白の時間に何があったんだろう」

「汚れるよ、夏野ちゃん」

「このへんに血があったのかな……。四年前のことだもの。もう、どこにも、何の証拠も残ってない」

「妹に訊いてみたの。何か憶えてないか。何か気がついたことはなかったか。鈍いのか知らないけど、あの子、へんに度胸があって。あの時もそばまで行ってまじまじと見てた。それで、妹が言うには、床に字が書いてあったって。私は気がつかなかったから何とも言えないんだけど、血で」

「何て？」

　夏野が目を見ひらく。俯きがちの睫毛が上向きに張りつめ、一瞬、瞳が円《まる》くなった。

「アルファベット二文字で、ZOかSO。妹はまだちゃんとアルファベットを覚えていない時だったから、Sの向きとか分かってなかったみたいで、いい加減なのよね」

すっと、夏野が立ち上がる。

「警察の判断は？　彼の最後のメッセージを無視したの？」

「妹は警察の人に話したかどうかよく憶えてないって。まあ、興奮状態だったから無理もないけど。警察が来たのは遅くて、先生たちがさんざん踏み荒らしたあとだった」

「消えてた――それとも消された？」

「妹が言うには大橋が踏んだらしい。妹が『あっ』って声を上げたのは私も憶えてる」

「大橋先生の名前って――」

「俊二《しゅんじ》。大橋俊二」

血文字がSOなら、大橋のイニシャルだ。

瀕死《ひんし》の状態でこみいった暗号を書き残すのは無理がある。かといって犯人のイニシャルをそのまま書き残せば消されるのは目に見えている。

でも、死のまぎわにはそこまで頭が回らないかもしれない。

妹の都合を電話で確かめ、ファストフードでハンバーガーを食べてから夏野を家に連れていった。

病院を右に見ながら坂を上り、途中で脇道へ入る。ゆるゆると蛇行《だこう》する私道のつきあたり――白い壁にチョコレート色の屋根の小さな二階建てが私の家だった。

庭はなく、玄関までの三段の階段の一段ごとに鉢植えの花が置かれている。テリアの形の表札とともに母の趣味だ。

この家に、私は母と妹、そして下宿人の叔父と住んでいる。父は五年前から単身赴任をしていて、二か月に一度くらいしか帰ってこない。

離れていれば一応うまくいく夫婦らしいから、それならそれでいいと思っている。父には父の、母には母の世界があるとしても、それを家に持ちこまずに、妹と私に平穏な暮らしを提供してくれるのなら。

叔父の神谷淳平《かみやじゅんぺい》は二十四歳。上代《じょうだい》文学という分野を研究している大学院生だ。日当たりの問題から図面上は納戸《なんど》扱いになる四畳半の叔父の部屋には、国文学の研究書をはじめとする大量の本があって、安普請《やすぶしん》の根太《ねだ》が傾くのではないかと心配になる。

年の離れた末の弟である叔父を母は子供の頃から可愛がっていて、下宿も母が強く勧めたようだ。男の人がいることは防犯上悪くないだろうと父も承知した。

玄関を上がると、ダイニングルームのドアを開けて妹と妹の友達が顔を出した。

「真美《まみ》を呼んだよ。あの時のこと、あたしよりよく憶えてると思う」

「田中《たなか》真美です。こんにちは」

あの時物怖《ものお》じせずに証言した少女だった。霊感が強いと言われていた子。おかっぱで眼鏡をかけていて、ぽっちゃりした妹とは対照的に、小枝みたいな身体つきをしている。

「鈴林です。――ありがとう、わざわざ」

夏野にお礼を言われると真美は耳まで真っ赤になった。

「カナ、お母さんは？」

「知らない。買い物じゃない？」

「叔父さんは？」

「引っ越しのアルバイトだって」

「じゃあダイニングでいいか」

私の部屋に四人で入ると狭いのだ。こういう話をするのに大人が——特に母が——いないのは都合がいい。ティーバッグで紅茶を淹れて、クッキーの缶を開け、ダイニングルームのテーブルで話を聞いた。

確かに血で字が書いてあったと真美は請けあった。要がくるまったカーテンの左下に、横並びで。

「そうですね、そう言われればイニシャルかもしれないですけど、あたしは数字に見えたんですよね。50かなって」

私はメモ帳にいくつか字体を変えて「50」と書いてみた。5の縦棒が横棒から突き出さないように書けばSOに見えなくもない。ZOなら「20」と読むだろう。

数字なら「50」、アルファベットなら「SO」——。

数字だとすると出席番号が思い浮かぶけれど、第二小ではどの学年も一クラス四十人弱で、出席番号50番は存在しない。

「あたし、聴取が終わったあとに思い出して、戻って捜査員の人に言ったんですよ。数字が書いてあったって。六年の先生が踏んで消しちゃったって」

真美は憤懣《ふんまん》やるかたないという口調で言い、グラニュー糖一袋を紅茶にそそぎ入れた。

「証言が軽視されてとても残念です。あの人たちは自分が小四の時幼くてばかだったから、あたしたちのことも幼くてばかだと思ったんじゃないでしょうか。数字とかアルファベットが書いてあったことより、それをあえて踏み消した先生がいたってことは無視できないはずだと思うんですが」

　真美の言う通りだった。ただ、その「あえて」が問題で、大橋の行為が故意であったかどうかの立証は不可能だ。

　先生たちはよってたかって現場を踏み荒らしたも同然だけれど、「生徒が生きている可能性を考え、とにもかくにも救助を試みるべきだと思った」と言われたら――そんなの嘘だと私は知っているけれど――それ以上追及することはできない。

　〝エンジェルさん〟をしていた時の様子を尋ねると、真美は一つ一つ言葉を選ぶように答えた。

「二時半頃に、笹塚さん、山辺さん、米田さんが、亡くなった高田さんを囲んで家庭科室に行きました。ずっと静かだったんですが、三時ちょっと前に、山辺さんのヒステリックに叫ぶ声がして、笹塚さん、山辺さん、米田さんがこけつまろびつ出ていきました。でも西階段のところくらいで急に爆笑して、『あいつ、やばくねえ?』『マジでやばいよね』『やばすぎでしょー』とか何とか言ってましたが。というか『やばい』しか言ってなかったですが、あの人たちはあんな貧弱な語彙《ごい》で日常生活が営めるんでしょうか。そっちがやばいです」

「その時の見張りが真美だったんだよね。真美の抜けたエンジェルさんじゃ、本当はあんまり意味ないんだけどさ」

　妹がのんきにチョコレートのかかったクッキーをかじる。

　夏野は真美に〝エンジェルさん〟のやり方を訊いた。真美は、いったんはじめたら途中で硬貨から指を離してはいけないというタブーを強調した。

「〝エンジェルさん〟にお礼を言って、ちゃんと帰ってもらってからじゃないと、絶対に終わらせちゃいけないんです。さもないと――」

「おどかさないで」

夏野はティーカップに手をのばしながら唇をほころばせた。

それは儚い微笑や謎めいたくすくす笑いではなくて、ごく自然な笑顔だった。再会以来、私は夏野のそんな笑顔を初めて見た――ような気がする。

「ねえ、カナは大橋先生と久岡先生のことで何か噂を聞いたことある？」

「あ、知ってる！　不倫！」

妹が即座に答えたので、夏野と私は顔を見合わせた。

「火のないところに煙は立たず、です。家庭科室で、やることをやってたみたいですよ。放課後、カーテンを閉め切った家庭科室から二人が時間差で出てくるのを見たって子を何人か知ってます」

真美は、わけ知り顔で頷いた。

第五章　密会写真

「出てこい、ヨー。今ならだあれもおらん。みんな、あっちでどんちゃんさわぎをやっとる。そのうちさわぎつかれて眠っちまうだろう」

じいちゃん桜に声をかけられ、ヨーはとがった顔を地面からポンと出した。

ヨーはあかちゃんのころに迷子になって虫の国に迷いこんだもぐらだ。

帰れなくて泣いていたヨーを、じいちゃん桜がなぐさめて、かくまってくれたのだ。

それからずっと、ヨーはじいちゃん桜の根元をねぐらにしている。

ヨーの存在が虫たちにばれたらたいへんだ。

もちろんヨーの方がずっと体が大きくて力も強い。でも、何千匹の虫たちにいっせいにたかられたら、たちうちできない。

針でさされたり、角《つの》でつつかれたり、毒の粉をあびせられたりして、きっと死んでしまうだろう。

＊

学校から帰ると、叔父がドアを開けて部屋から顔を出した。

「お帰り。瑞葉宛てに何かきてたぞ。羊羹《ようかん》でも買ったのか？」

「羊羹？　なあに、それ」

「ダイニングの椅子に置いといた」

封筒は二センチ以上の厚みがあって、確かに羊羹でも入っているようにずしりと重かった。宛名は私だけれど、まるで心当たりはない。

警戒させないようにだろうか、郵便物風に住所が記され、切手も貼ってある。でも消印はないから、家のポストに直接入れたのだろう。差出人の名前はなかった。

封を切ると、中には写真の束が入っていた。一枚取り出して眺め、ぎょっとして落としてしまう。あわてて拾った時、叔父がやってきた。

「羊羹だったか？」

「うん、そう、羊羹。一人で食べるんだから誰にも言わないでね」

叔父の横をすりぬけて自分の部屋に行くと、制服も着替えずにベッドに座り、写真を束ごと封筒から出して一枚一枚見ていった。

一枚目は階段の踊り場で抱き合う男女の写真だ。下階の手すりから身を乗り出して撮ったのだろうか。顔は影になって分からない。

二枚目は同じ男女——服装からそう判断できる——がキスを交わしている。三枚目、四枚目、五枚目と微妙に角度を変えてキスは続き、壁や手すりの様子から、第二小の校内らしいことが明らかになる。

唾液まみれでむさぼり合う唇のぬめりや波打つ喉仏がとてつもなく気持ちが悪い。触るのも不快で、割り箸でつまみたいと思いながらめくっていると、突然、二人の顔にピントが合った。

まぎれもなく久岡と大橋だった。

いったい誰が何のために、私にこんなものを送ってきたのか。

次の写真は一転、夜の街だ。繁華街ではない、ひっそりと暗い路地。身を寄せ合って歩く二人。紫色のネオンが咲くラブホテルへ入る二人。少し距離をとってホテルから出てくる二人。

決定的な写真はそのあとだった。

「夏野ちゃんの言った通り……」

それまでの写真と比べてかなりぼやけているものの、それが誰と誰で、何をしているかは分かる。黒板や壁の様子や特殊な机から、場所を特定できる。

第二小学校の家庭科室――。

カーテンを閉め切って、信じたくないけれど調理台を兼ねた机の上で、久岡と大橋が裸の下半身を絡ませていた。

次も、その次も、そのまた次も――残り何十枚のすべてがその行為を写している。

ゴールデンウィークが明けて最初の日曜日、目的の駅に着いたのは昼過ぎだった。都心から西へのびる私鉄線の、急行停車駅の隣の駅。改札口は高台にあり、なだらかな勾配に畑と民家が混在して、パッチワークのように広がっている。

この坂を十分ほど下ったところに、元第二小学校の家庭科教諭、久岡領子の現在の住居がある。

久岡は私の学年が卒業してから半年後に第二小をやめて、その後転居していたが、真美のおかげで現住所が分かった。妹によれば、真美は「Rのつく名前の女性と縁が深い」と信じていて、名前が領子という理由だけで久岡に暑中見舞いと年賀状を出し続けていたのだ。夏野が頼むと、真美は住所と電話番号を教えてくれた。

写真は夏野の家には届いていないそうだ。学校に持っていくことは憚《はばか》られたので、私は夏野を家に呼んで私の部屋で写真を見せた。

無言のまますべての写真を見終わった夏野の第一声が、「久岡先生に会う」だった。

「久岡先生はきっと本当のことを知ってる」

「でも、私たちに話すかな」

「話させるの。ほんの少しでも罪悪感があれば、そこにつけいることはできる」

「写真を見せる?」

「そうね、何枚か。コピーをとって」

私は夏野が要のいとこだというのは事実なのではないかと考えはじめていた。

駅の公衆電話で夏野が久岡の家に電話をかけた。私は受話器に耳を寄せて、漏れ聞こえる声を聞いた。

「突然お電話さしあげてすみません。C区立第二小学校で家庭科を教えていた久岡領子先生ですか?　私、高田要のいとこで、鈴林夏野といいます。四年前の三月十九日に小学校の家庭科室で亡くなっていた高田要を先生が忘れるはずないと思いますけど」

細い声が流れるように言葉を紡《つむ》ぐ。夏野自身が一時期第二小に通っていたことは伏せると決めてあった。

今日の夏野は腕の痣がぎりぎり隠れる五分袖の白いカットソーにペパーミントグリーンのスカートを合わせている。五月の陽を浴びた栗色の髪に、金色がかった虹がいくつも浮かび上がる。あでやかな唇だけを形見に残し、夏野は光の中へ透き通ってゆくようだった。

「今、先生のご自宅の最寄り駅にいます。夏野は光の中へ透き通ってゆくようだった。

「今、先生のご自宅の最寄り駅にいます。事件に関連して先生に訊きたいことがあって、お会いできたらって……。急ですか？　だって、こうでもしなければ断られるのは目に見えているもの。先生、あの時、階段のところで新田瑞葉ちゃんとすれ違ったんですよね。うまくごまかしたつもりだったんでしょうけど、彼女、全部見てたんです。先生だけじゃなく、もう一人も……。はい、ここにいます。瑞葉ちゃん、先生が替わってって」

いきなり受話器を渡された。

「——もしもし、新田瑞葉です」

夏野がホームに視線を投げた。見つめる先には叔父の大きな背中がある。

やはり気づかれてしまったのだろうか。

叔父にはボディガードとしてこっそりついてきてもらった。久岡がもし殺人者なら、どんな手段に出るか予測がつかないからだ。

だいたい叔父が目立ちすぎるのが悪いのだと心の中で八つ当たりする。身長はそんなに高くないけれど、肩幅があって胸板が厚い。猪首《いくび》ぎみなこともあり、初対面の人にはたいていラグビーか柔道をやっていると思われる。

幼少期は「花のような美少年」だったと母は言うけれど、そこからどんどん顔の下半分が発達していかつくなった強面《こわもて》を見れば、そんなことは母の妄想か人違いとしか思えない。

――誰でもよかった、と言う通り魔がいる。誰でもと言いつつ、か弱げな女性や子供を狙う。ちゃんと選んでいる。そういう輩《やから》が最後まで襲わないのが叔父だ。

もっともその外見はこけおどしにすぎず、甘いものに目がない叔父は、筋肉でなく脂肪の層を蓄《たくわ》えているだけだ。たぶん。

「誰を見たか言いましょうか。S・O先生。あと、久岡先生の手に赤い色がついているのも見ました。あれって……」

こんなでたらめを聞いて、久岡は息づかいだけでそうと分かるほど動揺していた。

「新田さん、駅にいるの？　コンビニが見える？　車を出しますから、そこで待ってて。なるべく急いで……十五分くらいで行くようにするから」

私たちは駅の向かいのコンビニエンスストアに入り、お菓子の棚を物色したり雑誌を選ぶふりをしたりしながら久岡を待った。

二十分後、店の前の駐車スペースに一台の青い車が停まった。夏野と外に出ると、運転席の窓ガラスが下がって老女が――一瞬、そう見えたのだ――顔を出した。

よく見ると確かに久岡領子で、さほどの高齢ではないことも分かったけれど、面変《おもが》わりのしかたが尋常ではない。

頬骨が尖り、下瞼全体に葡萄《ぶどう》色の隈《くま》が沈殿している。血走った目のふちが、ぴくぴくと頻繁に痙攣《けいれん》を繰り返す。肩にかかる髪はパーマがとれていて、生え際がチョークの粉をかぶったように白い。

「——新田さん、ね？」

「はい。お久しぶりです」

「そちらが高田くんのいとこっていう？」

「鈴林夏野といいます」

　叔父は改札口を出たところに立って、ずっとこっちを気にしてくれている。くれているのはいいのだけれど……本人は人待ち顔を装っているつもりだろうか。Tシャツにジーンズという服装でありながら、印象としては、デートの待ち合わせより債務者を張りこんでいる取り立て人の方が遙かに近いのだ。

「二人とも後ろに乗って。ゆっくり話せるところに行きましょう」

　夏野と並んで後部席に座る。換気の悪いタクシーに乗った時のような、ビニールと人工皮革の入り交じったにおいが鼻を刺す。

　車は何度か道を折れて公園の駐車場に入った。空きを探して車を入れ、エンジンを切った久岡は運転席に座ったまま、振り向きもせずに言った。

「あなたたちなのね」

　しばらく待ってみたが、先を続ける気はないらしい。しかたがないからこっちから尋ねた。

「何がですか」

「分かってるでしょ」

「いいえ。あいにくですが、さっぱり」

「——写真をうちに送ってきたのは、あなたたちなんでしょ？」

「写真って、これのこと？」

階段でのキスの写真を拡大してカラーコピーした一枚を、夏野は助手席に落とした。

久岡は引っつかんでくしゃくしゃにまるめた。

ホテルに入る場面、出てきた場面、さらに家庭科室での露骨な一枚——夏野は無言で無造作に投げていく。久岡は悲鳴を上げて破り捨てると、

「あなたたち、何なの？　盗撮は犯罪よ。こんな写真を送りつけて、何が目的？」

「目的は真相を知ることですけど、写真を撮ったり送ったりしたのは私たちじゃないですよ」

と、私は答えた。もしかしたら夏野が送ったのかもしれないけれど、知らずに私が否定する分には嘘をついたことにならないと思いながら。

「とぼけないで！」

「とぼけてなんかいません。うちにも誰かから送られてきたんです。いやらしい写真がいっぱい」

「新田さんの家に？　どうして？」

久岡が青ざめた。第二小の関係者に無作為にばらまかれたと思ったのだろう。もしそうなら高校でも大騒ぎになっていただろうし、妹が真っ先に情報を持ってきたはずだ。

「私が高田くんの事件を調べてるからじゃないですか」

「どうして新田さんが？　関係ないでしょ？」

「関係なくもないですよ。第一発見者で、先生たちを現場で見た目撃者で、夏野ちゃんの友達ですから」

「やっぱり、あなたが」

「違いますってば」

「じゃあ、誰が撮ったって言うの！」

久岡は叫んでハンドルに突っ伏した。

「落ち着いて、先生」

私はしぶしぶなだめにかかる。

「これって先生がまだ第二小で教えていた時の写真でしょ？　私たち二人とも小学生か、中学一年生です。夏野ちゃんなんてカナダにいたのに。こんな隠し撮り、できるわけないじゃないですか」

「五、六年生になればそれくらいできるわよ。在校生なら校内で何をやっていたってあやしまれないわ」

「そうね、できるかもしれない」

さっきひとこと口をきいただけで、ずっと黙っていた夏野が唇を開いた。

「家庭科室の写真は、ビデオで隠し撮りした映像をカメラで撮ったんでしょうね。ビデオをセットしたのは、あなたの言う通り小学校であやしまれずに行動できる人。そして、ここであなたたちがこういうことをしていると知っていた人。あなたとあなたの相手のほかに、それを知っていたのは誰？」

「そんなの、誰も知らなかったはず……」

久岡は呆然とした顔を上げた。

「自分たちは隠してるつもりでも、一部の生徒の間では噂になってましたけどね」

あんな大胆なことをしていて、脇も甘かったのに、よくもそう都合よく思いこめるものだと私はあきれて言った。事実、妹と真美は知っていた。

「何先生はカツラだとか、奥さんに逃げられたとか、子供たちはいつだって無責任に好き勝手なことを言うのよ。教頭先生が何もおっしゃらなかったってことは、先生方はみんな知らなかったってことよ」

「それなら相手の人しかいないわね」

夏野の物言いは目上の人に対するそれではない。

「大橋先生、裏で売ってたんじゃないですか？　自分の顔だけぼかして」

私はからかって言ったのではなく、大橋ならそれくらいやりかねない。これほど世間知らずで思いこみの激しい久岡を手玉にとるのはたやすいだろう。ホテル代をどっちが出していたのか訊いてみたいものだ。

「俊二さんがそんなことするはずないでしょう！　俊二さんがあんな手紙を入れるわけないんだから！」

「手紙って何のこと？」

「K・Tについて正直に話せ、さもないと写真をばらまくって。宛名と同じ字で」

なるほど、タイミングがよすぎる。久岡が私たちを疑うのも道理だ。

「その手紙、今持ってますか？」

「燃やしたわよ。手紙も写真も。怖いし、気味が悪いじゃないの。ひとり暮らしなのよ、私」

「シュンジさんには相談しなかったの？」

私も敬語を使う気が失せてきた。対等な口をきいた方が、不思議と久岡も口が軽くなるようだ。

「俊二さんは、しばらく様子を見ようって……」

「瑞葉ちゃん」

夏野が車のドアを開けた。

「出ない？　このにおい、もう限界なの」

夏野が耐えられなくなったのはにおいだけではないだろう。

駐車場から園内に入ると、遠く聞こえていた子供たちのはしゃぎ回る声が大きくなった。グラウンドで野球の試合をしているらしい。応援と歓声が交錯し、時折、激しく砂埃が舞う。梢《こずえ》がざわめくたびに、翻《ひるがえ》る木洩れ日が緑の淡さを変える。

そこはかとなく気配を感じて視線をめぐらせると、銀杏《いちょう》の大木の幹から見覚えのある巨体がはみだしている。叔父だ。

叔父はソフトクリームを舐めていた。バニラとチョコレート――コーヒー味かもしれないが――のミックス。

タクシーで追ってきてくれたのだろうか。私が頼んだのだし、ありがたいことはありがたいのだけれど、打ち明けそびれた以上、夏野に見つからないでほしいと心から願う。

久岡はふらふらと追ってきて、空いているベンチに腰掛け、がっくりとうなだれた。

夏野は自動販売機で缶のミルクティーを買うと、久岡にさしだした。

「どうぞ」

久岡は無言で受け取った。しみも皺《しわ》も容赦なくあばかれ、今度こそ本当に老婆になったように見えた。

「事件の時、あなたが大橋俊二と家庭科室にいたことは写真が証明しているわ」

久岡の前で、夏野が初めて大橋の名を口にした。家庭科室での密会を写した大量の写真の中に三月十九日のものがあったのだと、私は今更気がついた。黒板の右端には何月何日何曜日と記すことになっていたから、きっと、それが写っていたのだ。

「どうして出ていってやめさせなかったの？　不倫がばれるから？　それともセックスがやめられなかったから？」

露骨な言葉を躊躇《ちゅうちょ》なく夏野は口にした。久岡は唖然《あぜん》としたように夏野を見上げたかと思うと、けたけた笑い出した。

「すごいこと言うのねえ！」

「すごいのはあなたよ」

夏野は眉一つ動かさない。

「隠れていたから何も見えなかったのよ。しかたないじゃない、まさかあんなにひどいことをしていたとは思わないし」

「何も聞こえなかった？」

夏野が感情のうかがわれぬ声で問う。

「俊二さんが私の耳をふさいだの。俺の顔だけ見ていればいいっていうふうに。でも、なるべく声を出さないようにやっていたと思うわよ。ああいうことは」

妹も真美も特に何も聞かなかったというのだから、それは事実だろう。

「三十分くらいたった頃かしら。やっと出ていったぞ、って俊二さんがささやいた。覗いてみたら、赤い人が包丁を手にして教室の真ん中に立っていたのよ。心臓が止まるくらい驚いた。私、叫びそうになって、俊二さんに今度は口をふさがれたの。高田だよって言われて……確かに高田くんだった。私、俊二さんを振りほどいて飛び出したのよ。包丁を取り上げようとしたの。本当よ。でも、すごく抵抗されて……こっちがけがをしそうなくらいで」

聞いているうちに、私の軽蔑はだんだん怒りに変わってきた。

「けがくらい何よ。高田くんは――」

夏野は私を制し、

「抵抗するのはあたりまえよ。誰にも見られたくない、あなたたちのけがらわしい手になんか、触られたくない」

「俊二さんが出てきて、三人がまだ近くにいるかもしれないから大きな声を出すなよって耳打ちしたの。それから包丁をにぎる高田くんの手首をつかんで……。高田くんはそれを振りほどこうとして、揉み合うみたいになったのよ。……それで、気がついたら、包丁が高田くんの胸に……」

ふいに言葉を切り、久岡は両手で顔を覆う。まだ開けていなかった缶が手から落ちる。

「私たちじゃない、高田くんは自分で刺したのよ！　その証拠に、包丁の柄には高田くんの指紋しかなかった。高田くんは窓のカーテンを引きちぎって、全身をくるんで床に倒れて、それっきり動かなくなって。……ああ、死んじゃった、って……」

「死んじゃった、じゃないでしょ？　救命措置をとるどころか救急車も呼ばないで、あなたたち、それでも教師？　それ以前に人としておかしいよ！　大橋がトイレに行ったのだって、どうせ手についた絵の具でも洗ってたんじゃないの？」

「絵の具……ええ……洗ったわ」

最期の力でカーテンにくるまった要の心中を思うと、無関係な私でさえ痛ましさに苦しくなる。絵の具で真っ赤に塗られた身体を、そうまでして曝したくなかったのだ。

「救急車、ね。もちろん呼びに行こうとしたわよ。でも、四年の子たちが……。そうよ、あの子たちが悪いのよ。放課後にこっそり〝エンジェルさん〟をしてたって。〝エンジェルさん〟は禁止されているのに。あの子たちがあんなところにいなければ、すぐ電話をかけに行けたのに。それでも助からなかったとは思うけど……」

「妹たちのせいにしないでよ！」

幼稚な言い分に思わず怒鳴ると、久岡が顔から手を下ろし、たった今そのことに思い当たったように私を見た。

「新田さん、私と俊二さんが家庭科室から出るのを見たのに、どうして今まで黙っていたの？」

「大橋先生におどされたから。小学生の女子からすれば大人の男の人はやっぱり怖い。でも、夏野ちゃんが高田くんのいとこだと知って、このまま黙っているわけにはいかないと思ったの」

質問を想定し、夏野と打ち合わせてあらかじめ答えを決めておいたのだ。夏野は、大橋先生ごときにおどされて瑞葉ちゃんが怖がるなんてあり得ない、と、くすくす笑った。

「ずっと黙っていればよかったのに。あなたには何の得にもならないでしょうに」

「得とか損とかいう問題じゃないのが分からない？」

「もういいわ。瑞葉ちゃん」

夏野の左手の指が私の右手の指に絡んだ。皮膚の中で血が凍っているかと思うような、冷たい手だった。

「帰ろう、正門からバスが出てるみたい」

どんな光を——あるいは闇を浮かべているのか、夏野の秘匿《ひとく》された魔性を見てしまいそうで、その虹彩を覗いて確かめるのが私は怖かった。

第六章　耳

吹きぬける風に、ヨーは鼻をうごめかせた。
花と草と光の匂いがする。
遠くで虫たちの演奏する音楽や歌が聞こえる。
「春なんだなあ」
ふとこずえを見上げたヨーはまるい目をぱちぱちさせた。
ヨーの頭上で、小さなさなぎから一頭の蝶が生まれるところだった。

＊

地下鉄の階段を上がって地上に出た時から、奇妙な空気は感じていた。至るところに警察官が立っていて、パトカーが何台も停まっている。ひそひそと立ち話をしている人たちの顔は青ざめながらも興奮を隠しきれていない。

以前にもこんなことがあったような気がする。小学校低学年か幼稚園の頃、川向こうの区で通り魔の籠城《ろうじょう》事件があった時。そして高田要の事件の時も。

「お姉ちゃん！」

玄関のドアを開けた途端、妹が飛びついてきた。

「何か事件でもあったの？」

妹は紅潮した頬を上げて、

「耳が送られてきたんだって！　第二小に！　郵便で！」

「何の耳？　パン？」

「人の耳に決まってるじゃん！　それで、このへんの小学校も中学校も午前中授業になったんだよ」

「物騒な話してるなあ」

野太い声に振り向くと、叔父もちょうど帰ってきたらしい。盛大に汗をかいて、ふうふう息をしている。

「お帰りなさい、淳くん」

私たちは若い叔父を「淳くん」と呼んでいた。

人の耳が送られてきたと言われても実感が湧かなかった。自分の部屋で制服を着替えながら、次第にそのグロテスクさが胸に迫った。

ダイニングのテーブルを囲んで妹に詳しい話を聞いた。母がパートの日でよかった。怖がりの母がいたらおおっぴらに話せない。

「耳って両耳か？　片方か？」

「片耳みたい。油紙……とかに包んで保冷剤と一緒に密閉できる袋に入ってて、ぷちぷちしたので巻いてあって」

「カナはそういうの本当に詳しいよね」

「みんな知ってるよ。妹や弟が第二小に通ってる子いっぱいいるもん。うっかり開封した家庭科の先生は気絶しちゃったんだって」

「何で家庭科の先生なんだ？」

「だって、家庭科室宛てだったから。差出人は前の家庭科の先生。だから、備品とか返してきたと思ったんじゃない？」

「家庭科室宛て？」

「家庭科の先生宛てじゃないのか？」

私と叔父が同時に問い返す。

「ううん、家庭科室宛てって聞いた」

「前の家庭科の先生って、久岡領子のこと？」

「だと思う――あれ、そういえばお姉ちゃん、久岡先生の住所知りたがってなかった？」

妹はしばらくぽかんとしていたが、突然、

「えー、まさか！」

突拍子もない声を上げて私を指差した。

「お姉ちゃんが犯人？　久岡先生の名前で第二小に耳を送ったの？」

「何、そうなのか、瑞葉？」

「そんなわけないでしょ。淳くんまでやめてよ。誰に何の恨みがあって私がそんなことしなきゃいけないの」

「だって、久岡先生の住所とか急に言い出して、それですぐこんな事件が起こったら、無関係とは思えないんだもん」

「ただの偶然。第二小の同窓会やろうって話が出てて、幹事の子がいろんな先生に声かけたいらしくて、訊かれたから」

私は適当な嘘をつき、

「それよりカナ、送られてきたのは耳だけ？　手紙とか同封されてなかったの？　たとえば脅迫状とか」

久岡と大橋の密会写真とか。

「ああ、脅迫っていうのが一番ありそうだな」

「誘拐して、人質の耳を切って送るとか？　やだ、怖い」

妹は青ざめて両耳を押さえた。

「淳くん、生きている人間の耳なのか、死体から切り取った耳なのかって、分かるものなの？」

「やめてよ、お姉ちゃん！」

「カナが言い出した話でしょ。私だってアイス食べる気なくなっちゃった」

昨日、抹茶《まっちゃ》のアイスクリームを半分とっておいたのだ。今日のおやつのつもりだったけれど、さすがにこの話のあとでは手がのびない。

「切られてすぐなら分かるだろうけど、時間がたつと、どうなんだろうなあ」

叔父が首をひねる。

私は椅子を立ち、二階の自分の部屋に上がった。

夏野と二人で久岡に会いに行ったのは四日前だ。偶然だと思う方が無理がある。久岡領子、第二小学校家庭科室、と聞いて、高田要を連想するなという方が。

——誰の耳を、誰が何のために送ったのだろう？

妹が——どこまで本気なのか分からないけれど——私を犯人と疑ったように、私の脳裡には夏野の淡い瞳や紅い唇がちらついている。

夏野が本当に要のいとこではないかという疑いは、今ではほとんど確信めいたものになっていた。久岡と大橋を隠し撮りしたのは要の両親——つまり夏野の伯父伯母で、夏野は彼らと結託して事件の真相をつきとめようとしているのではないか、というのが現時点での私の推測だ。もっとも、なぜ四年前にそれを使って攻勢をかけなかったのかという疑問は残る。

それに、盗撮はともかく、耳を切り取るのはいきすぎだろう。

——いきすぎ？

自分の中のもう一つの声が即座に問いを投げかけてくる。

——要はあんなひどいことをされて死んだのに？　あの人たちは教師でありながら要を見殺しにしたのに？

「瑞葉、ちょっといいか？　この間の日曜のことだけど」

ドア越しに叔父の声がした。

「分かった。淳くんの部屋に行くから」

十六歳の女の子としては叔父を自室に入れたくないのだ。

本だらけの部屋に行くと、叔父は机の回転椅子にぼけっと座っていた。

「久岡先生――って言ってなかったか？　あの時の女性。公園で何話してたかは知らないけど、駅で電話する声は聞こえたんだ」

「夏野ちゃんの声ってか細いけど、時々妙に響くんだよね」

私は立ったまま叔父の部屋のドアによりかかる。

「そうだよ。第二小の家庭科の先生だった人。もうやめてるけど」

「ずいぶん興奮してたな、彼女」

「そうだね、すごく不安定だった」

私は自分の足元に視線を落とした。学校用のソックスをまだ履き替えていなかった。テントウ虫のワンポイント刺繡《ししゅう》。うちの高校は公立なのに風紀が厳しく、本当はワンポイントも禁止だ。

「私も淳くんに訊きたかったんだ。あのあと、先生どうした？」

「公衆電話で誰かに電話して、駐車場で車に乗ってどっか行ったぞ」

「誰に電話してた？　何か言ってた？」

「基本小声だったけど、時々上ずった声を上げた。シュンジさん、って。俺が聞いたのはそれだけだ」

「ふうん、大橋にかけたんだ。まだ続いてたのかな」

「誰だ？」

「久岡先生の元不倫相手。勝手に『元』って思ってたけど、まだ切れてなかったのかも。電話のあと、先生はどこへ行ったの？　誰かと会った？」

「期待にそえなくて悪い。そこまでは知らない」

「あとをつけなかったの？　使えないなあ」

「あのなあ。そもそも俺が頼まれたのは瑞葉たちのボディガードだろ？」

「途中で放棄したくせに」

「瑞葉が迷惑そうに睨んできたし、二人でバスに乗ったから、もう大丈夫だと思ったんだよ」

叔父はぎいぎいと耳障りな音を立てて、椅子を左に回したり右に回したりしながら、

「瑞葉、カナが言ってた事件のことで何か心当たりがあるんじゃないのか？」

私は黙って叔父を見た。私を見つめ返す叔父のまなざしは真剣だった。

「カナの話だけじゃよく分からないところもあるけどさ。真面目な話、誘拐事件か、もしかして殺人事件かもしれないんだぞ」

「耳を切られた人、死んでいると思う？」

「切られただけで生きてるか、切られてから殺されたか、殺されてから切られたか、もともと死んでいて死体から切り落とされたか、どれかだ。どれかは、俺には分からない」

「自分で切って自分で送ったって可能性もあるよ。それだと淳くんの言った一番目に含まれるかな」

「そういう天才画家の逸話があったなあ」

「差出人が久岡領子になってるんだから、警察は久岡先生のところに行ったよね。もし先生が行方不明だったら事件にまきこまれたと考えて全力で探すよね。もし無事なら、名前が利用された心当たりがないか事情を訊くよね」

「まあ、そうだろうな」

「だったら警察に話しても話さなくても一緒だよ。先生が無事なら先生自身が話すべきことだし、無事じゃないなら私が話したからって助けられるわけじゃない」

「その先生がきらい――というか、恨みでもあるのか?」

「別にそんなんじゃないけど」

「個人的な感情はこの際措《お》いて、情報は提供するべきだ。もし久岡先生って人が行方不明なら、瑞葉の話が居場所を探す手がかりになるかもしれない。瑞葉の情報が事件に関係あるかないか、有用か否かは警察が判断することで、こっちが決めることじゃない」

「特に恨みはないけど、久岡先生がどうなっても因果応報だと思う」

私はドアに背中をすべらせてしゃがみ、

「――四年前、小学校の家庭科室で隣のクラスの男子が自殺したの」

「ああ、姉貴から聞いた。いじめで……ってやつだろ」

「私が第一発見者なのは知ってる?」

「だってな。カナもだろ? たいへんだったな」

「本当は自殺じゃなかったみたい」

私はそこで何があったのか――久岡から聞いたことを話した。

「事実なのか?」

叔父のひそめた眉がカモメのようにつながった。

「うん、事実。久岡先生本人が認めた。それで、夏野ちゃんは――私と一緒にいた髪の長い綺麗な子ね——死んだ男の子のいとこなの。たぶん」

写真は封筒ごと夏野に渡してある。夏野の好きにしていいと言って。夏野がどうするかは分からないけれど、あれは大橋と久岡が不倫関係にあったことと、要が死んだ日にも二人が家庭科室で密会をしていたことの証明になる。

とはいえ、不倫自体は犯罪ではない。少し調べてみたのだが、要に対する保護責任者遺棄《いき》致死罪に問うことも、写真だけでは難しいだろう。

もちろんその関係や行為が明るみに出れば社会的な制裁は受けることになるし、彼らにとってそれは法の裁きより耐えがたいものかもしれない。

問題は、夏野がそれで鉾《ほこ》を収められるかどうかだ。

私だったら、そんな程度ではとうてい気はすまない。絶対に。

大切な人は死んで、もう二度と還らないのだから……。

「一日待って、淳くん。私のアイスあげるから」

「大人をアイスで釣るんじゃない。それに、食べかけのやつだろ?」

「大人じゃなくて淳くんでしょ」

「人の命にかかわるかもしれないんだぞ」

「だから、一日だけ。警察に行くなら夏野ちゃんに話さなきゃいけないし、できれば夏野ちゃんと一緒に行く方がいいし」

「今電話したらどうだ?」

「電話で話せるようなことじゃないよ」

叔父は天井を向いて息を吐き出した。

「――今日は何も聞かなかった。アイスのためじゃないぞ」

翌日、学校では「C区立第二小学校耳送付事件」の話題で持ちきりだった。ホームルームがはじまる前に私は夏野の席に行って、耳の入った封書が家庭科室宛てだったこと、差出人が久岡領子だったことを話した。

「それは久岡先生の耳ってこと？　それとも、久岡先生が誰かの耳を切ったたってこと？」

「久岡先生の耳じゃなければ大橋の耳だよね。誰が切ったか分からないけど。それを家庭科室に送ったのは高田くんの事件を調べ直せっていうメッセージに思えるし、復讐のはじまりとも思える」

「あの写真を送った人のしわざ……そう思うのね？」

「夏野ちゃん、写真はどうした？」

「まだうちにある。週刊誌に送って、第二小のＰＴＡにもばらまくつもりだったけど、そんな事件があったなら全部警察に渡して、久岡先生と会ったことを話した方がいいわよね。瑞葉ちゃん、そのつもりでしょ？」

「夏野ちゃんがいいって言ってくれたら」

「しかたがないわ。警察だって久岡先生が私たちと会ったことを調べるでしょうし、それならこっちから先に話しに行った方が面倒がないもの。ねえ、夜じゃだめ？　私、学校から帰ったら写真持って瑞葉ちゃんの家に行く。それで一緒に警察に行かない？」

「そうしてくれるとうれしいけど、夜出かけてお母さんは平気？」

「母は好きなように夜遊びしてるの。私のことをとやかく言えない」

夏野はくすりと笑って、

「瑞葉ちゃん、私を疑ってたんでしょ？」

「だって、夏野ちゃんは、本当に高田くんの——」

「そう、いとこよ」

夏野は拍子抜けするほどあっけなく認めた。

「小さい頃、きょうだいみたいに育ったの。あの時父方の祖母と暮らすことにしたのも、同じ学区に要がいたから。少しの間でも要と同じ小学校に通いたかったの」


叔父をつきそいにして夏野と私が警察署を訪れたのは午後七時過ぎだった。通されたのは会議用のテーブルとパイプ椅子だけが置かれた殺風景な部屋で、書類に住所と氏名を書き、田中と名乗る童顔の巡査長と向かい合う。

「どうして、今になって四年も前の事件を調べ直そうと考えたんですか？」

ぞんざいな口をきく大人も多いけれど、田中は高校生の私たちにも丁寧な言葉遣いをした。まず、その点に好感を持った。

「鈴林夏野さん、でしたね？」

田中は少し眩しそうに夏野を見つめた。

夏野は自分の母と要の母が姉妹であること、幼い頃は祖母の家で要とともに過ごしたこと、その後離れ、会えなくなったこと、第二小学校で再会したことを話した。

「いとこってことは校内では内緒にしていました。私は孤立していたので、そういう私が親戚だと分かったり、親しくしたりすれば、要がいやな思いをするんじゃないかと心配だったんです。私はすぐ転校することが決まっていたけれど、要は卒業まであの学校にいなければならないから。それで放課後こっそり、誰もいない空き教室でしゃべったり、本を借りたりしていたんです」

事件の時はカナダにいたこと、事故死だと聞かされていたこと、帰国して私と親しくなり、要がいじめを苦に自殺したと知ったこと。

けれど、要が自分に遺書も残さず死ぬはずがないこと。

私や妹の話から、久岡と大橋の関与をつきとめたこと、少なくとも久岡はその事実を認めたこと——。

淡々と話し、夏野は写真の入った封筒を鞄から出してテーブルに置いた。

「これは——」

夏野が言いかけるのを私が引き取って、

「うちのポストに入っていたんです。私が夏野ちゃんと、高田くんの事件について調べはじめてすぐです。夏野ちゃんの住所は知らなかったんだと思います」

田中は白い手袋をはめた手で受け取り、宛名面の私の住所と名前や、消印のない切手や、何も記されていない裏面を見てから慎重に中身を確認した。

「差出人として、誰か思い当たる人はいますか？」

夏野と私は顔を見合わせた。

「さあ……。久岡先生は私たちがやったと思ったみたいだけど」

「私は日本にいなかったので写真を撮れませんし、瑞葉ちゃんにはそんなことをする理由がありません。要の両親である伯父や伯母は——。実は、伯父はあれから新興宗教にはまったようで、伯母とは離婚しています。今どこでどうしているのか知りません。伯母は去年交通事故で亡くなったのですが、そのお葬式にも伯父は来なかったそうです」

「新興宗教……」

田中がかすかに眉根を寄せた。

「母はもう少し詳しいことを知っているかもしれませんが」

「もしかすると、お母様にもお話をうかがうことになるかもしれません」

「母には伝えますが、あまり期待しないで下さい。母と伯母はそれほど仲がいい姉妹ではなかったんです。ほかには要と強いつながりを持った人間は思い当たりません。要には心を許せるような友達はいなかったんです。いたら、私が知っています」

「分かりました。これはこちらで預からせていただきます」

田中は写真をすべて収めて、封筒を引き寄せた。

「ええと、よろしいですか」

叔父が遠慮がちに挙手した。

「日曜日ですが、実は私も同じ公園にいたんです。いや、たまたまですよ。大学が近いから、時時気晴らしに散歩するんです。姪たちとは偶然にも同じ電車で、気まずいので離れていたわけです。公園に行くと、姪たちが中年の女性と何やら深刻そうに話しているのが見えて、気になったので様子をうかがっていました」

私は机の下で叔父のすねを蹴飛ばした。夏野をこんな嘘でだませると思っているのだろうか。

「彼女――久岡さんですか、一人になると電話をかけたんですよ。相手のことを『シュンジさん』と呼んでいました。その後、車でどこかへ行きましたが、『シュンジさん』に会いに行った可能性もあるかと思いますよ」

「久岡さんはどっち方面へ行きましたか」

「駐車場を出て右折しましたから、東へ――上り方向へ」

「時間は分かりますか」

「二時四十分頃でしょう。彼女たちが公園で話している時、私、売店でソフトクリームを買って食べたんですよ。そのレシートに時間が印字されていて――何ならお見せしますが――それが二時二十二分ですから。二、二、二のゾロ目だったので記憶に残ったんです。だから、だいたいそのくらいかと」

田中は手帳に書きつけながら聞いていたが、叔父が言葉を切るとペンを置いて、

「先に申し上げておきます。久岡領子さんは亡くなられました。また、昨日第二小学校に届いた耳は久岡領子さんの耳であることが確認されました」

私はうまく驚けなかった。その可能性は最初から頭の中にあったからだ。夏野はもちろん、叔父もそうだろう。

「これは形式的な質問ですが、今月十五日の夜九時以降、十六日の正午まで、皆さんはどこで何をされていましたか？」

奇妙に落ち着いている私たちの方へ、田中は少しだけ身を乗り出した。

耳が第二小学校に届けられるよりも先に、久岡領子は遺体で発見されていたのだ。

田中によれば久岡はひとり暮らしだった。一昨年に離婚したのである。夫についていった息子と同じ名字でいたいと旧姓には戻さなかった。離婚の原因が大橋なのか否かは不明だ。

立ち話をする程度にはつきあいがある隣家の主婦が回覧板を持っていったが、チャイムを鳴らしても応答がない。「洗濯物を干しているとチャイムに気づかない」と言っていたのを思い出し、ベランダのある裏へ回ってみると、浴室の小窓が細く開いていて、水の流れる音がいつまでたっても途切れない。

不審に思って何度も声をかけたが返事はなく、思い切って窓を開けると、全開にされた蛇口から浴槽の中に水がそそがれ続けていて、ふちから滝のようにあふれていたという。

そして、浴槽の中に久岡がいた――。

――五月十五日午後九時、久岡は駅前のコンビニエンスストアで缶チューハイを買った。それは店員の証言と店内の防犯カメラによって確認されている。

一方、第二小学校に送られてきた耳入り封書には、五月十六日の午前八時から正午までの時間帯を示す区内の郵便局の消印が押されていた。つまり久岡は五月十五日の午後九時以降、翌十六日の正午までに死亡し、耳を切り取られたことになる。

十五日に限らず平日午後九時以降ならば、私はお風呂に入っていたかテレビを見ていたか勉強していたかどれかだ。午前一時頃就寝。朝七時に起きて、七時四十五分に家を出て、学校に着いて授業を受ける。

夏野の答えも似たようなものだったし、叔父も大学に出かけたのが朝十時と遅い以外、私たちと大差はなかった。

「何か思い出したらご連絡下さい」

田中は名刺をさしだして私たちを解放した。いや、最後に夏野だけを呼び止めて、二言、三言、何か話していた。

「やっぱり母に話を聞きたいみたいね。伯父は関係ないと思うけど……」

夏野はとても疲れているように見えた。

叔父は夏野を送っていき、一足先に帰宅した私は数日分の新聞を引っ張り出して久岡の死亡記事を探した。

それと思われる記事は朝刊の地方版に小さく載っていた。田中から聞いたのとほぼ同じ内容だけれど、久岡領子の名前は伏せて「元小学校教諭」となっている。

「遺体の一部が欠損しており、自殺と事件の両面から捜査がすすめられている」という結びに私は首をひねった。

——自殺？

ただでさえ危うい精神状態だった彼女を追いつめたのは私たちだ。そのあと大橋に電話をかけ、けんもほろろの応対をされたとすれば、自死を選ぶことには何の不思議もない。ただ……。

「何見てるの、お姉ちゃん。警察どうだった？　面白かった？」

妹が急に後ろから覗きこんだ。

「カナったら。遊びじゃないんだから」

「分かってるよ。ねえ、その記事って久岡先生のこと?」

「……たぶんね」

「先生、殺されちゃったの?」

「分かんないってば」

妹は自分の両耳をちぐはぐに引っ張りながら、

「何か、第二小の先生って呪われてるのかな。中原先生も行方不明みたいだし」

「え? 誰が?」

「中原桐子先生って、憶えてない?」

「憶えてるけど」

それどころか、最近会って話した。

「行方不明、なの?」

「どこに行ったか、どこで何してるか誰も知らないみたい」

「嘘でしょ?」

「嘘じゃないよ」

中原桐子は三年前に退職。誰にも転居先を知らせず、転職したかどうかも定かではない。彼女には家族も親しい友人もなく、失踪したも同然だというのだ。

「カナってどこでそういう話を聞いてくるの」

「学校とか塾とかだよ。友達いっぱいいるから。お姉ちゃんと違って」

「うるさいな。量より質だからいいの」

妹の憎まれ口をあしらいながら思ったのは、夏野がどうやって中原と連絡をとったのかということだ。第二小学校に電話をかけたら中原の現住所を知っている人が出て、取り次いでくれたのだろうか？

気を張っていた反動でか頭が回らず、私は考えるのをやめてお風呂に入った。ラベンダーの入浴剤を入れて手足を伸ばし、目をつぶる。ゆっくりつかっている間に叔父が帰ってきたようだ。ドライヤーでざっと髪を乾かし、新聞を持って叔父の部屋に行った。

「淳くん、今日はありがとね」

「めずらしく神妙だな。明日は雪か？」

叔父は回転椅子を右にくるり、左にくるりと回す。安物の椅子は巨大な鏡餅みたいな尻の下で今にも空中分解しそうだ。

「鈴林さんは無事送り届けたぞ。高そうな低層マンションだった」

「これ、見た？」

私は新聞を叔父の膝に乗せた。

「ああ、これな。さっきの話を聞いて、そうかなと思ったんだよな」

「警察から見て、自殺と見なす要素があったのかな」

「少なくとも可能性は残るってことだろうな」

「久岡先生が自分で耳を切り取って第二小に送った？」

「可能性だけを言うならゼロじゃない。瑞葉だって言ってなかったか」

「あの時は久岡先生の耳ってはっきりしてなかったからだよ。耳は切り取られたんだと思う」

耳を切り取るという行為には「そんなに近くにいてもいじめが行われているのが聞こえないような、役に立たない耳はいらないだろう」という憤怒《ふんぬ》がこめられているように思えるのだ。何者かが下した罰であるかのように。

「自殺は自殺で、別の人間が耳を切り取って持ち去った可能性もあるぞ」

「別の人間って誰？」

「さあ、分からん」

復讐するほど要に近い人間はもういない——夏野以外。要の父親は人生を放棄してしまった。

「鈴林さんとも話したけど、刑事さんは遺体から切り取られていたのが両耳か片耳か教えてくれなかったな」

「夏野ちゃんとそんな話をしたんだ」

「ああ。小学校に送られたのは片耳だとしても、切り取られたのが片方だけとは限らないって。冷静だな、彼女」

「両耳が切り取られていたとしたら、もう一つはどこにあるの？」

「分からん。とにかくこれ以上は瑞葉の領分じゃない。あとは警察がやるさ」

「そうだね」

私は叔父の膝から新聞を取った。

「おやすみなさい、淳くん」

「瑞葉、大丈夫か？」

「うん……」

「伝えるべきことはちゃんと言ったんだ。何も気に病む必要はないんだぞ」

私が憂《うれ》うのは叔父が思うようなことではない。自殺であれ他殺であれ、これははじまりにすぎないのだ。

第七章　もう一つの耳

右の二枚の翅は真っ白なのに、左の二枚の翅には大輪の花のような、あざやかなもようがある。

ヨーはこんなにふしぎで、こんなにきれいな蝶を見たことがなかった。虫の国では蝶の翅はひと色と決まっていたから。

ヨーは見とれて、身をかくすのを忘れた。

蝶はヨーに気がつき、ヨーの鼻先に飛んできた。

＊

制服が夏服に切り替わった週明けのその朝、米田勢也と同じ電車になった。同じ駅から同じ路線で同じ学校に通っているのだからしかたがない。

私は乗車駅のホームではあまり歩かずに改札口の近くに立つ。だからだいたい真ん中の車両に乗る。

一方、勢也は降車駅の改札口に近い後方まで歩いて後ろの車両に乗る。その日も勢也は顔を伏せて速足で私の前を通り過ぎた。目が合うことはないし、一応「おはよう」くらい言わなきゃなどと気を遣う必要もない。おたがいにきらっているのは楽だ。

要の事件のあと、勢也は智巳と満利江から距離を置くようになった。中学校では委員会や生徒会の役員、校内弁論大会のクラス代表など面倒を押しつけられがちだった勢也は、逆にそれを利用してさまざまな肩書きを得ることでそれなりに存在感を獲得していった。もともと成績は上位だ。

地下鉄は他路線と接続する駅のホームにすべりこんだ。この時、私はいつも車窓から夏野の姿を探す。都心から外へ向かう路線だから、通学時でもそれができる程度にはすいているのだ。

風に乱れかかる髪を細い指で押さえながら、夏野はホームの後ろに佇んでいた。

夏服の夏野は華奢な肩の線や細い腕がむきだしになり、脆いガラス細工のように見えた。痣を隠すためだろう、半袖ブラウスからのびた左の二の腕に包帯を巻いているのが、痛々しいと同時に妙になまめかしい。

私に気づかず、夏野は後ろの方に乗車したようだ。

降車駅のホームに吐き出され、夏野に追いつこうと改札口を走り抜けた私は、夏野と勢也が肩を並べて、親しげに会話しながら階段を上るのを見て目を疑った。

踊り場で一瞬歩をとめて、夏野が私を振り返った。

「夏野ちゃん……」

私は階段の下で、いささか呆然と二人を見上げていた。

勢也が首だけ振り向けて私を睨んだ。勢也はえらが張っていて、髭の剃り跡が同級生のほかの男子より濃い。

夏野は小さく手を振り、「あとでね」と、声に出さずに唇を動かした。

昼休み、私たちは屋上に上がり、陽射しを避けて貯水タンクの壁にもたれた。

――十日前、夏野が一人で帰った時、人身事故で遅延が出てめずらしく電車が混んだ。その電車内で夏野は痴漢にあったという。

たまたま近くにいた勢也が気がついて、「やめろよ！」とその男の手をつかんだ。勢也にそんなことができるなんて驚きだ。

揉めているうちに男は次の駅で逃走した。夏野は動揺して、勢也に感謝を伝えそびれた。

翌朝、電車内に勢也の姿を見つけたので、近くに行ってお礼を言った。その時はそれだけだったけれど、その次の朝も電車で一緒になった。今度は勢也から目を合わせてちょっとお辞儀をしてきた。しばらくそういうことが続き、先日映画のチケットを渡された。

「デートしたの？」

「二人で映画に行っただけ」

それをデートというのだ。

「米田は夏野ちゃんがあの時の転校生だって知ってるの？」

「気がついてたら誘ったりしないでしょ？」

夏野は腕の包帯に触れて、

「これは火傷《やけど》って言ったの」

「好きになったわけじゃないよね、米田のこと」

たちまちその面輪《おもわ》に薄氷を張りつめて、今にも亀裂が走りそうな危うさを秘めたまま、双眸《そうぼう》だけをきらきらと潤《うる》ませて夏野は私を見つめた。

「本気で訊いてる？　そんなこと、言わなきゃ分からない？」

「夏野ちゃん、何をするつもりなの？」

痴漢にあったことも、そこに勢也が居合わせたことも偶然だったのだろう。勢也が助けてくれたことは夏野にとっても思いがけないことだったかもしれない。

けれど、それを利用して夏野は勢也との距離を一気に縮めた。勢也の方から接近させるという形をとって。

凄絶《せいぜつ》さをはらむ瞳の奥で、夏野が何を考えているのか分からない。

「むちゃだけはやめてね」

「心配しないで。つかまるようなことはしないから」

「本当？　約束してくれる？」

「するわ」

夏野は私の小指に小指を絡めた。——小五のあの時、そうしたように。

久岡領子の死は殺人事件と見なす方向へ舵《かじ》が切られたようだ。

久岡の耳が切り取られていたことや、その耳が元勤務先の小学校へ送りつけられていたことも全国ニュースになった。両耳なのか片耳なのか、右耳なのか左耳なのかは明確にされないまま。

どのメディアも要の事件に触れなかったのは、今回の事件との関連性は薄いと判断されたからだろうか。関連がない以上、亡き要の尊厳のため、いじめ加害者たちの未来のために、あえてそこには触れない協定が結ばれたのだろうか。

ある週刊誌は久岡と大橋の不倫を扇情的に取り上げた。私も読んでみたが、感情のもつれの末の大橋の凶行と決めつけたような記事だった。

写真は白黒で、ぼやけていて、目隠しの加工がなされ、当然名前も伏せられていたけれど、大橋を知っている人間には一目瞭然だ。

大橋を疑うに足る物的証拠や目撃証言があるのかどうか私は知らない。被疑者の名前はまだいずれの機関も報じてはいない。しかし、週刊誌の発売から三週間が過ぎた頃、大橋は依願退職せざるを得なくなった。

大橋にも友人と呼べないこともない同僚がいて、有給休暇の消化中に大橋とは連絡をとりあっていたのだが、ある時それが途絶えた。案じた彼が大橋のひとり住まいのマンションを見に行ったところ、留守らしく、新聞受けに新聞がたまっている。

静岡県H市の実家に連絡をとると、母親は週刊誌の報道も大橋の退職の件も初耳であった様子で、「何も知らない、思い当たることもない」と、おろおろしていた。

もしかしたら急病で倒れているのではないか?

同僚は母親の許可を得て、管理人の立ち会いのもとに中に入った。

大橋の姿はなく、部屋は適度に片づき、適度に散らかっていて、キッチンのシンクにはグラス一つだけが洗い残されている。ちょっと出かけたという感じで、この段階で持ち物をあさることは憚られた。

母親が上京し、二日待って警察に届けた――などということを見てきたように妹は語り、姉の私としては最近の女子中学生の情報網にあきれればいいのか感心すればいいのか、いささか途方に暮れてしまう。

成人男性の失踪など世間ではめずらしいことでもないのだろう。この先ひょっこり戻ってこないとも限らないし、今の時点では大橋が「逃亡した」とも、「何らかの事件にまきこまれた」とも断定できない。

要が住んでいた家は四年前から空き家になっている。中古住宅としてここを購入した際にローンを組んだのは要の父親ではなく母親で、土地も建物も彼女の名義だった。昨年彼女が他界した時、相続人はその妹である夏野のお母さん一人だったそうだ。

面倒くさがって水道も電気も止めずに放置していたのを、今月に入ってやっと重い腰を上げ、売却に向けて動きはじめたという。

おそらく建物は壊されてしまうから、その前に一度きちんと家の中を見ておかなければならないし、もしかしたら要の形見や思い出の品物が残っているかもしれない。要を偲《しの》ぶ意味でも最後に見ておきたい。それが夏野の希望だった。

「母はお葬式の時にチェックして価値のあるものは持ってきたって言うけど、母の言うのは金銭的な価値のことなの」

夏野はカナダにいて、すでに遠い関係になっていた伯母さんのお葬式には出なかったのだ。一人ではつらくなってしまうから一緒に来てほしいと頼まれて、六月半ばの日曜日、私は夏野と元の要の家に行った。

学校には左上腕に包帯を巻いて通っている夏野だけれど、今日は大きく刳られた衿元からも半袖からも痣を晒していた。

高田家は待ち合わせた図書館の裏手、広い月極《つきぎめ》駐車場を過ぎた袋小路にあった。

若草色の屋根の二階建て。同色のドアの横に銀色のメールボックスとチャイムが設置され、「高田」の表札がまだ掛かっている。

相似形の右隣も空き家らしい。表札は外されていて、カーテンのない窓からは家具のない部屋が覗けた。左隣は三十坪くらいの更地だ。

夏野は鞄から鍵を取り出して鍵穴に差した。右に回すと、カチリ、と音がした。けれど、夏野が把手をつかんで引いても押してもドアは開かない。

今度は左に鍵を回して把手を引くと、ドアは音もなく開いた。

次の瞬間、夏野は叩きつけるようにドアを閉めた。

「夏野ちゃん？」

「鍵、開いてたみたい。それに、すごいにおいがしたの」

左に回して開ける鍵なのだ。もともと開いていたから、最初、鍵を右に回した時に閉まったのだろう。

「夏野ちゃんのお母さんがここに来たのっていつ？」

「お葬式のあとだから、去年の十月」

「その時、閉め忘れた？」

「そうなのかな……。ねえ、何かへんなにおいがするでしょ?」

そう言われれば、そこはかとなくにおう――ような気がする。田舎で、清潔でない牛舎などの前を通った時のようなにおい……?

誰かが入りこんで、無断で住んでいるなんていうことがあるだろうか。

夏野を促して近くの交番に行き、事情を話すと、若いおまわりさんはすぐに一緒に来てくれた。先頭に立って玄関のドアを開け、

「誰かいるのか!」

叫んで三和土《たたき》に踏み入るなり、声にならない声で呻《うめ》いて鼻を歪める。私の鼻腔にも異臭がなだれこんだ。

さっきの表現では穏やかにすぎる。まるで廃牛舎が生ごみの廃棄場になって、誰にも処理されない生ごみが堆肥《たいひ》にまみれて醗酵《はっこう》したような悪臭だった。実際にそんなにおいを嗅いだことはないけれど。

「きみらは外で待っていなさい」

「いいえ、私の家のことですから立ち会います。瑞葉ちゃんはここにいて」

夏野は毅然として拒否し、ハンカチで顔の下半分を覆うと手でしっかり押さえた。イスラムの女性のように目元だけを出した夏野の瞳は明星のような輝きを放って常よりも大きく見える。

ハンカチで鼻と口を覆い、息を止めて私も続いた。こんな時でも夏野は脱いだ靴をきちんとそろえる。夏野も私もせっかく持ってきたスリッパを履くことは忘れていた。

「電気がつくはずです」

夏野が指差したスイッチをおまわりさんが探ると、廊下と玄関の照明がついた。

玄関を上がるとすぐ階段がある。階段下のドアはトイレだろうか。

玄関の横には六畳の——襖《ふすま》が開いていたので畳が数えられた——和室。家具は一つもなく、隅に座布団がいくつか積まれている。おまわりさんが中に入って押し入れを確かめたけれど、上段も下段も空だった。

短い廊下はつきあたりの木製のドアまでのびていた。近づくにつれて、その隙間から人工的な冷風にのって強烈な異臭が流れてくるのが感じられた。

おまわりさんが把手をつかんで押すと、ドアは何の抵抗もなく開いた。一瞬、夏野がいぶかしげに眉を寄せた。

夏野は顔のハンカチを瞬間とり去り、指紋をつけないようにスイッチにかぶせて明かりをつけた。

唸《うな》るような音を立てて、冷房が寒いくらいに効いている。

LDK全体の広さは八畳くらい、キッチンのシンク周辺だけ床がむきだしで、リビングダイニングのスペースには深緑色の絨毯《じゅうたん》が敷きっぱなしだった。

木目調の天井。日焼けで黄ばんだレースのカーテン。向こうの角に置かれたテレビ台以外に家具は残されていない。

大量の写真——私に届いたのと同じ不倫の証拠写真のようだ——が絨毯にばらまかれたその上で、男が仰向けに転がっていた。

革のスリッポン、白のソックス、カーキ色のスラックス、茶褐色のポロシャツ。

男は――死んでいた。

死体というだけならどうということはない。死んだ人間を見るのは初めてではない。

祖母のお通夜では、親族は一晩中お線香を絶やさずに遺体につきそった。祖母は眠っているだけのようで、「おばあちゃん」と揺り起こせば目を覚ましそうに見えた。

要の時はショックを受けたけれど、息絶えて間もない遺体は清らかだった。

――でも、この死体は……。

茶褐色だと思ったポロシャツは血に染まってそんな色になっているのだ。腹の部分は特に色が濃い。

左胸から刃物の柄が突き出していた。薄緑の砂壁にどす黒い飛沫《しぶき》が散り、写真も血だらけだ。いや、血ばかりでなく、男から染み出した体液とも排泄物ともつかない得体の知れないものにまみれている。

死体の唇の間に何か挟まっていると気がついた次の瞬間、胃が痙攣《けいれん》するのを自覚するよりも早く、お昼に食べたものが一気に逆流して口から迸《ほとばし》った。

この時、夏野は窓のそばにいた。

外の空気を吸うために窓を開けようとしたのだろう。上げかけた手をとめて、夏野は一歩下がった。――ここは事件の現場だ。やたらに何か触ったり、現状を変えたりしてはいけないのだ。

「ここから離れなさい！　外へ出るんだ！」

おまわりさんはわれに返って叫び、無線機を取り出して、がなり立てるように状況を連絡している。

夏野はふらふらと窓を離れ、心臓を押さえて床にくずおれた。

反動で舞い上がった髪が、一瞬、途方もなく大きな栗色の蝶のように見えた。


死体は大橋俊二だった。私たちが発見した時は、連絡が途絶えてから一週間が経過していたそうだ。

こうして十六歳にして人生で二度目の死体第一発見者になった私は、つきそいとして叔父に来てもらって、またしても警察の聴取を受けた。こんなことに慣れたくはないものだ。

夏野の方はお母さんが駆けつけた。

初めて会う夏野のお母さんは、夏野の言葉から漠然とイメージしていたのとはまったく違っていた。

綺麗なことは綺麗だけれど、あまり垢抜けない印象の人だ。眉も整えていなくて、あわてて口紅だけ塗ってきたという感じなのだ。派手か地味かで言えば地味な方で、若作りなわけでもなく、夏野の言う夜遊びなどするようには見えない。

特徴的なのは夏野と同じくらい長く伸ばした髪だろう。黒い分、少し重たげだ。

「いつも夏野ちゃんがお世話になっています」

と、私に微笑んだその声がとびきり甘いのには驚いたけれど。

家に帰るなり私はお風呂に飛びこんで、シャワーを頭から浴びながら、皮膚がすりむけるくらい全身を洗った。崩壊した死顔が瞼の裏にこびりついて、数日は悪夢ばかり見、食欲もなくなって一気にやせた。もちろん勉強なんて手につかないし、期末試験は惨憺《さんたん》たる結果に終わった。

それだけの目にあったというのに、警察は第一発見者というだけの高校生には何も教えてくれない。事件の概要については新聞記事などから拾うことができたけれど。

体重がもとに戻った頃、休日に高校の近くの公園で夏野に会った。大橋の死体が発見された家が鈴林家の所有だったことで、夏野は事件の経緯を聞くことができたらしい。


「田中さんって刑事さん憶えてる？　あの人が話してくれた」

「写真渡した時の人？」

「あの人、真美ちゃんのお兄さんだって知ってた？　もう独立して一緒には住んでないみたいだけど」

「真美ちゃん？　カナの友達の？……そういえば似てる」

刑事の人の好さそうな童顔と、真美の生真面目な顔が重なった。

「警察は犯人をほぼ特定したようよ」

夏野がレモンティーの缶に唇をつけた。池のほとりのベンチは木蔭《こかげ》とはいえ涼を得るまではいかず、おたがい二本目の飲み物だ。

「母も私も容疑者だったけど、疑いは晴れたみたい。母は、協力してやったのに裏では犯人扱いしていたのかって怒ってる。刑事なんかと金輪際《こんりんざい》口をきかないって」

「夏野ちゃんのお母さん、怒ることなんてなさそうに見えたけどな」

「ああ見えて感情の起伏の激しい人なの」

「犯人はつかまったの？」

夏野はかぶりを振る。

「家からも職場からもとっくに姿を消して、行方が分からないの」

「行方不明……」

ふとつぶやいて、どこかで聞いたばかりの言葉だと思った。

「それ、まだニュースになってないよね」

「だから、内緒ね」

内緒なのは当然だ。真美のお兄さんはそんなことを夏野に漏らしてよかったのだろうか？　いや、いいはずがない。

「瑞葉ちゃん、大橋先生の死体を見たでしょ？」

私は二本目の林檎《りんご》ジュースの缶から唇を離す。思い出したい光景ではない。

「大橋先生が何かくわえていたの、気がついた？」

「……肉塊、みたいな？」

死臭ともどもあの光景がよみがえり、瞬間、吐きそうになる。

「そう、肉塊」

今の話題にはそぐわない、ひどく優美な微笑みを夏野は浮かべた。その微笑みがはらりと翻《ひるがえ》って、何かぞっとするもの——たとえば生皮を剝がれた血の滲《にじ》む肉のようなものを見てしまいそうで、私の二の腕は軽く粟《あわ》立った。

「大橋先生は久岡先生の右の耳をくわえていたの。ううん、くわえさせられたのね。二人を殺した犯人に。細胞の壊れ方からみて、耳は冷凍保存されていたみたい」

まず久岡先生の事件を整理するね、と、夏野は順序立てて説明してくれた。

久岡領子の死亡推定時刻は五月十六日の午前二時から四時。着衣のまま浴槽に沈み、左手首を切って死んでいた。失血死だった。

浴室には内側から鍵が掛けられ、タイルに久岡の指紋のついた果物ナイフが落ちていた。ナイフはもともと久岡家にあったものだ。

遺体からは両耳が切り取られていた。ぎざぎざした乱暴な切り口で、手首を切ったのと同じナイフを使用したようだった。

第二小学校の家庭科室宛てに送られたのは左耳だ。警察では両耳が切り取られていたことを伏せて、犯人の特定を急ぎつつ右耳を探していたのである。

久岡の胃からは少量とは言えない赤ワインの成分が検出された。キッチンのゴミ箱にはワインの空き瓶が一本捨てられており、ワイングラスが二つ洗われて水切り籠に伏せられていた。

冷蔵庫の扉に「さみしい」と走り書きされたメモが貼ってあった。久岡の元夫や息子は久岡の字らしく見えると言ったが、遺書と見なすには弱い上、筆跡鑑定の結果、別人が似せて書いた可能性が高いと判明した。

電話の横に置かれたメモ帳からめくりとられた一枚だったが、指紋は一つも採取できず、それをぬぐった形跡もなく、手袋をして触ったとみられた。

浴室の鍵は硬貨などを使って外から簡単に開閉できる。ためらい傷もない。ドアガードは掛かっていなかった。これは、救急隊員や捜査員が入りやすくするために、自殺であってもそうするかもしれないが。

当初、久岡の元夫は重要な被疑者の一人だった。大量の写真は妻の浮気を疑い、探偵を雇って撮ったもの。耳の送付は本当の動機から目をそらさせる目的で行われたと考えられた。

夫婦だったのだから要の事件のことを知っていて捜査を攪乱するために利用しても不思議はない。しかし、ほどなく、元夫は久岡が亡くなった日時には仕事で福岡県にいたことが明らかになった。

要の父親も同様だった。山奥にある教団の施設で、いっさいの私財を放棄して自給自足の集団生活を送る彼はそもそも東京まで往復する手段を持たない。今は心穏やかに暮らしているというのが真実か否かは措いて、アリバイは確かなものだったのだ。

一方、深夜のことで、ひとり暮らしの大橋にはアリバイがなかった。

捜査員が大橋の自宅マンションを訪れて不貞行為の証拠写真をつきつけると、大橋は久岡との不倫関係を認めたものの、とっくに清算したことだとうそぶいた。確かに最近久岡からの復縁を迫る電話があったが、その気はないから断ってそれきりだ、と。また、大橋に恋人の影はなかった。

写真を見せた際、捜査員はひそかに大橋の指紋をとっている。その指紋が久岡の住まいのあちこちに残されていた指紋と一致したため、容疑は大橋に傾いた。

大橋に似た男が久岡の家に出入りするのを何度か見たという近所の複数の住民の証言もあり、二人の関係は続いていたか、どこかで復活したと思われる。恋人なら合鍵を持っているだろう。

双方独身だから道義上の問題はないが、真剣なのは久岡だけで、大橋は徹頭徹尾遊びのつもりだったとしたら。男は別れたかったのに、女がそれを受け入れなかったとしたら。大橋は久岡が鬱陶《うっとう》しくなって――もしくはその執着が怖くなって――久岡を殺害したのではないか。

直接手を下さなくても、「一緒に死のう」とだまして、自殺するよう仕向けたのではないか。それとも大橋のいる晩に、久岡があてつけに自殺を図ったか。救護もせずに遺書を偽造して逃げたとなれば、殺人罪にはならなくても別の罪名が与えられるだろう。

耳については分からないことが多かった。少なくとも左耳は生体から切り取られたとみられるのだが、これを切断して第二小に送ったのは誰なのか。

久岡を殺した犯人だとしたら、自殺に偽装した行為と矛盾する。

彼女自身が行ったとすれば、高田要への贖罪《しょくざい》として……？

いくつかの疑問を残したまま、大橋を任意同行で引っ張る方針が固まった時、当の本人が姿を消した。そして死体となって発見されたのだ。

これにより、「大橋による自殺の偽装」の可能性が高いとみられていた久岡の事件は、「大橋による自殺偽装を偽装」しようと試みられたものであるとの見方が強まる。

もともと稚拙な自殺偽装を疑問視する声はあった。

何もしない方が自殺の可能性は残った――とすれば、殺人事件と早々に断定させるために、あえてやったと考えるべきだろう。

大橋に罪を着せるために。大橋が久岡を殺して逃亡したと見せかけるために。大橋の遺体が発見されたのは偶然のたまものなのだ。

大橋に関しては、自殺の可能性はほぼなかった。

血痕等の状態からして大橋は高田家に運びこまれたのではなく、まさにその場で殺されたのである。

死因は久岡と同様に失血性ショック死。包丁で腹を深く突き、抉《えぐ》り、とどめに左胸を刺した。自傷とするには力が加えられた方向などに不自然な点があった。

包丁は現場のキッチンにあったものを使用したようだ。そこにはいくつか調理用具が残されていたし、大橋の自宅のキッチンからは上京する際に母親が持たせたという三徳《さんとく》包丁が見つかっている。

玄関だけではなくリビングの窓のクレセント錠も開いていて、窓自体にごく最近開閉された形跡があった。

エアコンの冷房は最低温度、最大風量でつけっぱなしだった。

発見時には死後五日ほど経過していたとみられるが、死亡日時の特定は難しい。高田家も含めた一帯には大規模なマンションを建設する計画があり、空き家が増加していて、有用な目撃情報は得られなかった。

犯人は久岡と大橋の両人に強い恨みを持つ者。久岡の耳を切り取ったのは怨恨ゆえだとするのが警察の見解だという。

「そのくらいの痛みは味わうべきよ。要の千分の一にも満たない痛みでも」

夏野が冷ややかに言い放ったように、耳を切ったのは第一に懲罰《ちょうばつ》として。第二に大橋への揺さぶりだろう。

犯人は大橋を怯えさせ、次は自分が殺されるかもしれないという恐怖を与えるために片耳を第二小学校に送った。その恐怖心を利用し、脅迫のような形で大橋を高田家に呼びつけたに違いない。

犯人の指示なのかどうか、大橋はトイレの窓から入ったらしい。トイレの窓枠やドアノブ、タンクにも大橋の指紋が残されていた。

「大橋は犯人と対決しようと思ったのかもしれないね。大橋だって命がけだよね。犯人もそれが分かっていたから写真を撒いたのかな。それに気をとられて、一瞬、隙が生まれる」

その隙をつけば、体格も力も及ばない女性――少女――でも大橋を刺せる。

「殺してしまうほどの憎しみを抱かせた相手に勝てるわけないわ」

「夏野ちゃんは犯人を知ってるの？」

「真美ちゃんのお兄さんでもそれは教えてくれなかった」

「警察はこの際どうでもいいよ。夏野ちゃんに心当たりは？」

「瑞葉ちゃんはどう思う？」

謎をかけるように問い返された。

「誰が犯人だと思う？……私？」

と、わずかに顔をかしげる。ふわりと髪が揺れて、桜貝のように薄い耳朶《みみたぶ》が現れる。

どんなに暑い日でも、どんなに接近しても夏野から汗のにおいはしない。ただ透き通る梨の香りだけが、うなじからとも髪からともつかず匂い立つのだ。

「ううん、夏野ちゃんじゃない。犯人は不倫の証拠写真を撮って久岡先生に送った人。夏野ちゃんには写真を撮る機会がなかった。それに、深夜に久岡先生の家まで往復するのも無理でしょ？タクシーを使えばすぐ足がつくし」

それでも私は夏野を疑っている。夏野が無関係でないとしたら、要の死から四年もたって復讐劇が幕を開けたことの説明がつかないのだ。ただ、夏野一人では無理で、共犯者がいる──。

「犯人はどうして大橋に久岡先生のもう一つの耳をくわえさせたんだろう」

ひとりごちるようにつぶやいた時、ふいに、柔らかなものが右耳のきわに触れた。

夏野の唇だった。──一瞬のことだ。

その場所から背骨を通って、電流のようなしびれが尾骨へ抜けていった。

「愛していたら、よろこんで自分から食べるのかな」

一瞬だったのに、唇の感触が消えない。夏野の一部が、まだ、ここにある。

「そうだとしたら、案外幸せな死に方だって言えると思わない？」

「愛情なんて、絶対ないよ」

それだけは断言できる。

「そう、よかった。少しでも穏やかな気持ちで死ぬなんて許せないもの」

夏野は立ち上がり、ゴミ箱に缶を捨てた。

私は復讐が夏野の悲願だというなら応援するし、協力する。法に触れてもかまわない。

その一方で、夏野に殺人者であってほしくないと思う。その手を血に染めないでほしいと願う。

どちらの気持ちも真実だ。

「あと──人、残ってるわ」

「え？」

しばらくそのまま振り向かずに、夏野はそこに佇んでいた。

風が梢を吹き抜ける。木洩れ日が弾けて、幾千もの虹色のかけらとなって夏野に降りそそぐ。

その後ろ姿は天上への階段を上ってゆく人のように儚く、遙かだった。

第八章　転　落

「もこもこしたあなたはだれ？」

「ヨーっていうんだ」

「わたしはカーヤ」

「ぼく、もぐらなんだ」

「もぐらさん？」

「ぼくは虫じゃないんだ」

ヨーは小さいころ迷子になって虫の国に迷いこんだこと、それからずっとじいちゃん桜の根元でこっそり寝起きしていることを明かした。

「そうだったのね。さびしくなかった？」

「じいちゃんがいるもん」

「ヨーとわしは友達なんじゃ」

じいちゃん桜がわさわさと枝をゆらした。

「ヨーのことは、ほかの者にはないしょじゃぞ」

「絶対、だれにも言わないわ」

カーヤはかたく約束した。

＊

幾度かの話し合いがあり、天文部の夏合宿の場所が決まった。N高原にあるペンションだ。人気の避暑地が対立候補に挙がったけれど、天体観測には人も灯りも少ない方がいい。N高原の方が安いし、写真で見る限り趣きのあるバンガロー風で、一年生の女子が大よろこびした。

夏野に話すと、そこからバスで二、三十分の別荘地に夏野の家の別荘があり、その頃行くことにするから、合宿のあとで来ないかと誘われた。夏野と計画を話し合ううちに、自分の中で合宿とどっちがメインか分からなくなった。

時々一緒に登下校するだけとはいえ、夏野と勢也の仲は校内で噂になりはじめている。目立つ美少女の夏野が、ぱっとしない勢也と距離を縮めているのだから、夏野を狙う男子からすれば納得がいかないわけだ。

鈴林さんと米田はつきあっているのかと、私も数人の男子に訊かれた。どう答えればいいか夏野に確認すると、「まだそういうわけじゃないって言って」と含みを持たせる。

勢也の方は同じことを訊かれると「想像に任せるよ」と、にやにや笑いを押し殺して答えているらしい。

期末テストの最終日。すべてのテストを終えて、脱力感に限りなく近い解放感を覚えながら、私は夏野と昇降口に向かった。後ろから勢也が息を弾ませて追いかけてきたけれど、夏野は知らん顔をしていた。

振り返ると、勢也はあたふたと上履きを履き替えている。

夏野はかまわず校門を出た。

校門前のガードレールにもたれて、違う学校の制服の男の子がいた。私たちの高校では、男子の冬服は何の変哲もない金ボタンの黒い詰襟学生服だ。夏期はそれを脱いで半袖シャツになるというういたって地味なものだから、細いストライプのネクタイだけでも目立つ。

男の子は誰かを待っているのだろう。さりげなさを装っているつもりなのか、視線はちらちらこっちを気にしつつ、車道に顔を向けていた。

しっかりと通った鼻筋が横顔を整えている。口元にしまりがないけれど、のばした前髪の下のたれ目に愛嬌があって――。

そこまで確認して、やっと気がついた。

笹塚智巳だ。昔からおたまじゃくしのようなたれ目が特徴だった。顔を見るのは中学校卒業以来だ。髪を長めにしていて、雰囲気が違って見える。以前から気にしていた身長はあまり高くなってはいない。

夏野は微笑を浮かべて智巳の前に立った。

「来たのね」

「顔、見たくてさ」

私はあっけにとられて夏野と智巳を見比べた。ちょうど校門を出てきた勢也がその場に固まった。智巳がにやりと唇を曲げる。

「久しぶりじゃん、勢也。何で大橋の葬式来なかったの？　案外冷てえな」

「いや、だって。卒業して四年もたってるし」

勢也はしどろもどろに答える。最近では夏野の彼氏気取りで妙な自信を身につけていた勢也だったけれど、いきなり登場した智巳を前にたちまち腰巾着の地金《じがね》が現れた。勢也の方が上背はあるのに、縮こまって見える。

「満利江、残念がってたぜ。プチ同窓会ができると思ったのにって。なあ、電話しろよ、満利江に」

智巳は殊更に満利江の名前を強調する。そのたびに勢也はおどおどした視線を夏野に投げるのだ。

「おまえ、ずっと好きだったじゃん、満利江のこと」

「だけど、まりちゃ――山辺さんは智ちゃんとつきあってたし」

「つきあってねえよ。単なる幼なじみ。もともと好みじゃねえし」

明らかに夏野を意識して交わされている会話なのに、夏野はまるで虫の音が雑音にしか聞こえない人のように、どうでもいいという横顔でそこに佇んでいる。

「満利江、今ならフリーだぜ。あいつあれで結構もてるから、貴重なチャンスじゃねえ？」

「あ、でも、今、僕も、そこにいる鈴――」

「話はそれだけ」

智巳はその言葉を強引にさえぎった。

「別におまえのツラ見にきたわけじゃねえから。夏野、行こうぜ」

いきなりの呼び捨てに、私は自分でも少々もてあますほど心が波立つのを感じた。

「……知らなかった。いつから？」

「智巳くんと？　母の知り合いのお通夜《つや》の時。母の都合が悪くて、代わりにお香典を渡してきたの。――大橋さんって、瑞葉ちゃんの担任だったんでしょ？」

夏野が大橋の葬儀に列席したとは知らなかった。

大橋が母親の知り合いであるという嘘は妥当なものだろう。あの時の転校生であることは明かせないのだし、遺体の発見者を理由にすれば要との関係性を説明しなければならない。もっとも、私と夏野が大橋の遺体の第一発見者であることは警察も伏せていたし、学校でも知られてはいなかった。

私は参列していない。二年間担任だったからといって何の恩もないし、遺体を発見したからといって葬儀に行かなければならない義理もない。

もし遺体が大橋でなければ手を合わせようという気持ちになったかもしれないけれど、仮にそうでも、発見時の体験が強烈すぎて遺影を見ることさえ無理だった。

「お焼香《しょうこう》に並んでいたら具合が悪くなったの。たまたま近くにいた智巳くんが支えてくれて。それから駅まで送ってくれて、ホームでもしばらくつきそってくれたの」

もちろん夏野は要の復讐のために智巳に近づいたのだ。そのことはよく分かっているのに。

「また明日ね、瑞葉ちゃん」

智巳が手をのばして夏野の鞄を持つ。夏野は私に手を振り、智巳と睦まじげに肩を並べて歩き出す。

二人が角を曲がって見えなくなった時、後ろから肩に手を掛けられた。

「どういうこと？」

振り向くと山辺満利江が立っていた。智巳と同じくらい久しぶりだけれど、こっちはすぐに分かった。

花柄のワンピース、ゆるいパーマのかかった髪をポニーテールに結《ゆ》い、うっすらと化粧している。満利江は顔立ちがぱっと明るくて、つまんだような鼻も、ちょっと隙間のある前歯も不思議と愛嬌になるのだ。

「何、いきなり。どこに隠れてたの？」

「どこだっていいじゃない。ねえ、どういうことよ？　新田さん、あの子と仲いいんでしょ？　あの子、勢ちゃんとつきあってるって聞いたけど違うの？」

満利江からは飴みたいなベリー系の匂いがした。

「そんなこと米田に訊けば？」

「勢ちゃん、どうなのよ？」

棒立ちの勢也を満利江は錐《きり》のような視線で刺した。

「……僕はそのつもりだけど」

「つもりとかつもりじゃないとかじゃなくて、ねたのかって訊いてるの」

「ええっ、まさか！」

「キスくらいはしたでしょうね？」

「そんな雰囲気になったことなら……」

「雰囲気なんかどうでもいいわよ。したかしてないか、どっち？」

「まだ、だけどさ」

「信じられない。それのどこがつきあってるわけよ。要するに勢ちゃんが勘違い――っていうか、その気にさせられてただけってことね。あいかわらず鈍《どん》くさいんだから！」

「痴話げんかみたい。結構お似合いだよ。山辺さんには笹塚より米田の方がいいと思う。真面目に」

「はあ？　大きなお世話よ」

「勝手にやっててよ。帰るね」

「待ちなさいよ。話は終わってないわよ」

満利江が腕をつかんできた。

「痛いじゃない、放してよ。いったい何なの？」

「あの子、鈴林かや、とかいうらしいけど、前は違う名前だったよね？――五年二組にきた転校生でしょ？　八木なつの、とかいう子」

「かやちゃんは最初からかやちゃんだよ。名字は変わったみたいだけどね」

「ちょっと待って」

うろたえたのは勢也だった。

「聞いてないよ。それ、何、どういうこと？」

「五年の二学期に転入してきて、一か月ちょっとで急に転校してった八木って子、勢ちゃん憶えてない？」

「名前まで憶えてないけど、心臓病で毎回体育見学してた、身体にすごい痣のある……？」

「そう、教室でいきなり脱いだ子。防虫剤くさい、超暗い子。鈴林夏野って、あの子よ」

「嘘だよ」

「失礼ね！　どうして私が嘘つくのよ」

「いや、その、ごめん。だけど、鈴林さんとは全然違うって」

「違わないってば。同じ顔なのに、まったく男ってどこ見てるんだか。智巳も絶対気づいてないし。左手に巻いたあの包帯の下には痣があるわけよ。そうよね、新田さん？」

満利江がぎょろりと私を睨む。

無残な髪型をして、樟脳のにおいを漂わせ、俯いてばかりいたあの頃の夏野と今の夏野をぴったりと重ねることができる満利江の観察眼を褒めるべきだろうか。

違う——逆だ。

満利江にはあの頃から、羽化したのちの夏野の姿が見えていたのだ。凍てついたようなさなぎが可憐な蝶になることを知っていたのだ。だから、あれほど執拗に絡んだ。

「そうだったら何？」

「別に。ただ、気になるじゃない。勢ちゃんをたぶらかしたり、智巳に近づいたり、何をたくらんでるのかって」

「逆でしょ？　米田と笹塚が夏野ちゃんに近づいたんでしょ？　痴漢にあったり貧血で倒れたりしたのを利用して」

「痴漢はたまたまかもしれないけど、倒れてみせるのは簡単だよね」

「そう思うなら笹塚の前で倒れてみれば？　笹塚が手をさしのべてくれるかどうか、ずっとついててくれるかどうかやってみなよ」

言い捨てて、私はその場を立ち去った。


その夜の八時半頃に夏野の自宅に電話をかけるとお母さんが出た。夏野はまだ帰っていなかった。折り返しの電話がかかってきたのは十時過ぎだ。こんな時間まで智巳と一緒だったのだろうか。

小心者で、真面目で、相手――自分より「上」と見なした場合に限るが――の思惑を何周も先回りして気にする勢也は一応は安パイなのだ。

でも、遊び慣れてちゃらちゃらしている上に自信過剰の智巳は――。

あのあと満利江が現れたことと、満利江は夏野が八木夏野だと知っていて、それを勢也に話したことなどを伝えると、夏野は儚い声にうっすらと笑みを滲ませた。

「山辺さん、やっと出てきたのね」

まるで満利江の登場を心待ちにしていたかのようだ。――事実、そうなのだろう。

「山辺さんより先に智巳くんに打ち明けるわ。私はあの転校生だって。痣を見たら智巳くんも気づくでしょ？」

「……見せるの？」

「遅かれ早かれそうするつもりだった」

痣を見せる――それが意味するところは一つだ。そんなことしないでと言いたいけれど、言えない。夏野の描く青写真はまだ見えないけれど、すべては復讐のためだと分かるから、止められない。

「本当に大丈夫？」

「三人を分裂させるのに、私にはそういうやり方しかできないもの。三人が私を中心点にして集まってきたことは都合がいいけど、三対一になれば不利になる」

勢也と智巳と満利江は久岡と大橋の死を自分たちと結びつけていない。そもそも要のことなど普段は記憶から消去しているのだろう。

でも、もし一人ずつ殺されてゆけば、残された者は自分たちに共通する罪を思い起こさずにはいまい。いや、罪と思っているはずはなく、「ちょっとした遊びだったのに、とんだとばっちりを受けた」程度の認識に決まっているけれど、それでも要の自殺を思い出して警戒するに違いない。

最後の一人にでもなれば、怯えて警察に保護を求めることもあり得る。そうなれば復讐の完遂は困難になる。

だからいっぺんにやらなければならないが、誰かを——まずは智巳を——夏野の側に寝返らせておこうというのだろう。

「そのくらい、たいしたことじゃないわ」

「心臓は？」

「大丈夫。壊れたりしない」

夏野の共犯者——少なくとも協力者——として一人だけ思い当たる人物がいるけれど、その人は要を特別に思っていたのだろうか。それともひとえに夏野が大切なのだろうか。

私は要に対し、どういう感情も持ち合わせてはいない。私がいくら夏野の心によりそおうとしても、そのことが決して埋められない溝になるのかもしれない。

その人が前者の立場なら悲憤の共有という点においては及ばない。けれど、夏野のために何かをしたい気持ちは私の方が強いはずだ。

そして、その人が後者なら。

純粋に夏野への思いだけなら、私だってこんなに……。

「私が一緒にいるよ」

――一緒にやるよ。

「ありがとう、瑞葉ちゃん」

電話越しに聞く夏野の声は近いようで遠く、遠いようで近く、微笑にも憂いにも似て揺らぐ紅い唇が、その幻が、すぐそこに見えるような気がした。

終業式と長めのホームルーム――つまり一学期のすべてが終了して夏野と教室を出ると、表情をこわばらせた勢也が待ちかまえていた。試験休みがあったから、顔を合わせるのは満利江が現れたあの日以来だ。

「鈴林さん、ちょっといいかな。話あるんだけど」

声も口調も硬い。

「ちょうどよかった。私も勢也くんを誘おうと思ってたの。ちゃんと話したいって、智巳くんが。

公園で待ってる」

勢也の返事を待たず、夏野は私を見る。

「瑞葉ちゃんも来る?」

「行く」

学校から最寄り駅と反対方向に歩いて七、八分。大橋の事件について詳しく聞いたのもこの公園だった。池の水面は背丈ほどもある蓮《はす》の葉で覆われ、薄紅色の宝珠《ほうじゅ》のような花がそこここに咲いていた。

智巳は池を囲む柵にもたれて待っていた。ダメージ加工のジーンズに赤いTシャツがいやでも目をひく。

「わざわざ悪かったな、勢也」

智巳は片手で軽く合図して勢也を迎えた。嚙んでいたガムを包み紙に吐き出す。

「おまえが想像以上に鈍くて、分かってねえかもしんねえだろ? 期待されてつきまとわれたりしたらたまんねえって夏野が言うし、そう言われたら俺も心配でさ」

私の横で、ふうっと、勢也は息をついた。

「まわりくどい言い方してるけど、つまり鈴林さんとつきあってるのは自分だって言いたい――のかな」

智巳が片眉を上げた。

「分かってんならいいんだ」

突然、勢也が笑い出す。声を出さずに喉だけをふるわすような笑い方だった。智巳は一瞬ぽかんとしたあと、唇をへの字にねじ曲げた。

「気色悪い笑い方すんなよ」

「智ちゃん、その女の正体知ってる？」

「夏野のこと言ってんのか」

「ほかにいないじゃん。話の流れからして。そいつ、その腕に巻いた包帯の下に——」

「勢也くんの話って、そのこと？」

冷ややかな夏野の声に、勢也の笑いがぴたりとやんだ。

夏野は数歩進んで、智巳と勢也の間——智巳と勢也と夏野とで正三角形をつくる位置に立った。

「あいかわらずなのね。隠れている部分がそんなに見たいの？　あなたたちは」

「あなたたち」と言いながら、夏野が目線を水平に動かす。

灌木《かんぼく》の茂みから満利江が現れてこっちに来た。ヒールの細く高いサンダルは少し不安定で、素足の爪にはペディキュアのラメがきらめいている。

「久しぶり、八木さん」

満利江の手ににぎられた何かが陽射しに反射して銀色に閃き、それが鋏だと気づいた時には、夏野の上腕に巻かれた包帯の間に鋭い尖端がつっこまれていた。

かすかに、夏野が眉をひそめる。

満利江は包帯を切って一気に引きはがした。

ブラウスの半袖では隠しきれない心臓色の痣が——肌の透き通る白さゆえに否応なく目立つ色彩が燦然《さんぜん》と照り輝いた。

ごく小さな真紅の珠《たま》がぷっくりと浮かび、ひとすじの糸になって細い腕を伝い落ちる。刃先が皮膚をえぐったのだ。

「夏野ちゃん！」

スカートのポケットをさぐったが、こんな時に限ってティッシュがない。

「――本当に、山辺さん、あなたって――」

夏野の唇に、芙蓉が血を流すような、ぞっとする微笑が浮かぶ。

「智巳、この痣に見覚えがあるでしょ？　思い出せないならもっと見せてあげるわよ。八木さん、あの時みたいに服を脱いでみせなさいよ。今、ここで――きゃっ」

満利江は短く叫んで眉間《みけん》を押さえた。その足元に銀の包み紙が落ちる。智巳が噛み終えたガムを投げつけたのだ。

智巳は夏野に駆け寄ると、ジーンズの後ろポケットからハンカチを出して傷口にあてた。

ハンカチなら私だって持っていた。でも、何度か汗を拭いてしまった。

そのハンカチは清潔なんでしょうねと疑いを抱きつつ、智巳がなぜもてるのか、私は少しだけ理解できた気がした。

「ひでえ。血出てる」

智巳は自分が痛むかのように顔をしかめた。

「大丈夫か」

「ちょっと切れただけ」

智巳はごく自然に夏野に触れ、夏野はごく自然に智巳に触れさせる。その距離間の近さに、私は二人がすでに男と女であることを悟った。

髪に隠れて夏野の表情は見えない。長い睫毛の先がわずかに覗くだけだ。

「何したか分かってんのか？」

智巳がたれ目のまなじりをつり上げて満利江を睨んだ。

「私、智巳がだまされてるのが見てられなくて、だから――」

「夏野が八木だってことなら知ってるけど、ほかに何かあるのか？」

「その子の身体には――」

「夏野の痣なら全部見たけど？」

「智巳！」

満利江が悲鳴のように叫んだ。

無言で視線を靴の上に落とした勢也の肩が小刻みにふるえる。

私はただ、誰にも聞こえないような吐息をつく。

夏野の肩を抱いて立ち去る時、なぜか智巳は私をまっすぐ見て、

「心配するな。ちゃんとこのまま家に送る」

と、告げた。


満利江が夏野をつけ回すようになったのはそんな経緯からだ。気がつかないふりをして好きにさせているのだと夏野は言う。

満利江はばかではないし、勢也や智巳のような単純さもない。夏野が自分たちを許すはずがな

い、智巳であれ勢也にであれ、間違っても恋愛感情など抱くはずがないと分かっている。夏野が智巳に接近したのは何か魂胆《こんたん》があってのこと、一刻も早く智巳の目を覚まさせなければいけない——そう思いつめて、夏野の秘密や弱みをつかもうと躍起になったのだ。隙を見せるつもりはないと夏野は言うけれど、満利江のことだからどんな過激な手段をとるか分かったものではない。現に鋏をふるったように、夏野に危害を加えないとも限らない。

原動力が嫉妬であるだけに心配で、私はこっそり満利江を尾行した。

ある日、地下鉄を乗り継いだ満利江は夏野の家の最寄り駅で降り、メモを見つつ、電柱の住所を確認しながら、きょろきょろと歩いて、ある低層マンションの前に立った。誰かに高校の名簿を借りて住所を調べたのだろう、夏野の住むマンションに違いなかった。

満利江は二時間あまりも見張ってから帰って行った。執念深いのか、暇なのか——きっちりそれを見届けた私自身も。

翌日も満利江は同じ駅に降り立った。

朝からずっと雨が降っていた。通勤ラッシュが引けたあとで、構内に人気《ひとけ》はなかった。

満利江は改札口を抜け、地上へ上がるエスカレーターに乗った。私は階段で先回りして隠れていた。

満利江が傘の留め具を外すのと、その身体が今上ってきたエスカレーターを転がり落ちるのとは、ほぼ同時だった。

満利江の絶叫をかき消すように雨脚が強くなった。

私はその場を離れ、一駅歩いて、そこから地下鉄に乗った。だから、あとのことは妹が真美から仕入れてきた情報で知った。真美は満利江のお母さんの英会話教室に通っていたことがあり、満利江にも可愛がられていたのだ。

満利江はエスカレーターにまきこまれて右手の四本の指を失った。さらに、投げ上げる形になった傘が降ってきて、尖った石突きに顔を深く傷つけられた。

目撃者はなかった——私以外。

救急車を呼んだ駅員は、逃げる人影などには気づかなかったそうだ。

第九章　珊瑚の伝言

右側の真っ白な二枚の翅をぼろぼろにひきさかれて、カーヤは森のはしっこまで逃げてきた。

瞳からこぼれた涙が水たまりに波紋をつくった時、その横からヨーがポコリと顔を出した。

「カーヤにそんなひどいことをしたやつはぼくがやっつけてやる！」

「だめよ。ヨーはかくれていなきゃ」

カーヤはむりにほほえんだ。

「だいじょうぶ。まだ片方の翅があるわ」

ヨーはいっしょうけんめい両手を振り回した。

「カーヤの片翅はきれいだよ。どんな花よりもきれいだよ」

＊

ペルセウス座流星群の観測を目的とした二泊三日の夏合宿が無事終わり、顧問の教師とほかの部員たちはN高原駅で上りの電車に乗った。

私はそれを見送ったあと、土産物《みやげもの》屋をひやかし、さらに二十分近く待って、ようやくやってきたバスの最後部の席に腰掛けた。

N高原駅からのバスは三時間ごとに一本、一日三本運行していた。発車まではもうしばらく間があるようだ。

鼻がまたぐずぐずしてきて、ティッシュを出してかむ。合宿に来てから、どうもすっきりしない。ほかに風邪らしい症状はないから、体質に合わない花粉が飛散しているのかもしれない。

ぼんやり窓の外を見ていると、駅のホームに下り電車が到着した。改札口から数人が掃き出された中に米田勢也の顔があった。

勢也は合宿には不参加だった。家の用事で急に来られなくなったと聞いていたけれど、夏野にふられたダメージが大きいのだろうと私は想像していた。

勢也がバスに乗りこんできた。革製の旅行鞄を手にさげている。

バスは後ろから乗って前から降りる方式だから、ステップを上ってきた勢也とは距離が近くて、すぐに目が合った。勢也は私の斜め前の二人掛けの座席に陣取り、窓側に鞄を置いて振り返った。

「星、見えた?」

挨拶もなしで、いきなり話しかけてくる。公園でのことなどなかったような顔で。

「一日目にちょっとだけ」

「ならいいや。満天の星空だったって言われたら悔しいけど」

「満天は満天だったよ。ただ、すぐ曇っちゃったってだけ」

「ちょっとならいいんだって」

勢也は鼻歌でも歌い出しそうだ。

「合宿休んでどこに行くのよ」

「鈴林さんの別荘だけど」

「夏野ちゃんと仲直りしたの？」

あれほど打ちのめされていた勢也なのに、夏野はどんな魔法——手練手管《てれんてくだ》とは言うまい——で立ち直らせたのだろう。

「先週、鈴林さんが急に会いにきてさ。智ちゃんと別荘に行くことにしたけど、やっぱりちょっと怖いから僕も来てくれないかって頼まれたんだよね」

勢也の奇妙に晴れ晴れとした表情はそれが理由なのだ。

「怖い」も何も、智巳は夏野とすでに身体の関係があることを公言したも同然なのに、勢也には通じなかったのだろうか。智巳の見栄だと思ったのだろうか。

私には「母と行く」と言っていたけれど、勢也が呼ばれたのなら、別荘にいるのは夏野のお母さんではなく智巳に違いない。

夏野はそこで何をするつもりなのか話してくれない。

私を蚊帳《かや》の外に置こうとすることが淋しかった。それが私を「善意の第三者」的立場にしておく気遣いだとしても。

親には今日から天文部の合宿だということにしてあるのだと、勢也は鼻翼をふくらませて語った。彼氏気取りだった頃の自信と余裕をすっかり取り戻している。自分の方が夏野に信頼されているという、智巳への優越感が根底にあるのだろう。

バスは踏切を渡ると山道を上り出した。舗装はされているけれど、ひっきりなしのカーブは結構きつい。

中腹の停留所に着いてステップを降りる時、軽いめまいがした。

バスに酔ったのではなくて、圧倒的な——ほとんど暴力的な——緑のせいだ。この少し先にある脇道を入るのだと聞いているけれど、こんな場所にバス停をつくって利用者がいるのだろうかと心配になるくらい、三百六十度、空と草木のほかには何もない。

甘い樹液の香りと水を含んだような土の匂いが入りまじり、嗅覚が幻惑される。

首や足首に虫よけスプレーを噴射していると脇道から夏野が姿を見せた。細身のジーンズに白い長袖シャツ。つばの広い麦藁《むぎわら》帽子の飾りのリボンがひらひらと風にそよぐ。

「ごめん、瑞葉ちゃん、待った？」

「ううん、今着いたところ」

「勢也くん、顔色が悪いわ。山道だから揺れたでしょ？　あとから飲んで効くっていう酔い止めの薬があるの。別荘に着いたら飲んで」

勢也は夏野に名前を呼ばれた途端に顔を赤らめて、

「うん。サンキューね。——智ちゃんは？」

「まだ寝てる」

夏野は私を促して細道を歩き出す。獣道に近いけれど、道はまっすぐで、途中に岐路はない。

蝉の声が交錯し、木立に乱反射する。

「瑞葉ちゃん、星、見えた？」

「一時間くらい晴れて、その間だけね」

「綺麗だった？」

「うん。こっちは？」

「ずっと曇っててだめだった。今日は見られるかな」

夏野は降りそそぐような青空を見つめた。

「晴れてても、夜になると急に曇るんだよね。山って」

「――瑞葉ちゃん、風邪？」

淡い瞳が心配そうに私の横顔を覗きこむ。

「やだな、鼻声になってる？　花粉症だと思うけど」

ついさっきまで自然の匂いを感じていたのに、いつのまにか、また鼻の奥がむずむずとつまってきた。ハンカチで軽く押さえる。

「あのね、念のために訊いていい？　今日は瑞葉ちゃんだけ？」

「え？」

「あの叔父さんはいないよね？」

「――ごめん。いないから安心して」

「謝らないで。私も嘘ついていたもの」

「お母さんじゃなくて、笹塚と来たこと？」

私は後ろの勢也を気にして声をひそめた。

「母は急に恋人と旅行に行ったの。あの人、気まぐれだから。それで智巳くんを誘ったの」

「嘘だよね、それは」

「瑞葉ちゃん……？」

「最初から笹塚と来るつもりだったでしょ？　米田を呼んだのも予定通り」

「いやだったら瑞葉ちゃんは帰って」

「夏野ちゃんを置いては帰らない」

「怒らないの？」

「私が腹を立てて帰ればいいと思ってる？」

「私と一緒にいたら、瑞葉ちゃんまで——」

夏野のせりふをキジバトの鳴き声がかき消した。

還れなくなる——そう言ったように聞こえた。

「何があっても私はまきこまれたんじゃない、自分の意志だよ」

後悔はない。何も。

唐突に視界がひらけた。

白樺《しらかば》林を自然の柵にして、煉瓦造り風の館が建っていた。

それほど大きくはない二階建て——といっても私の家の二・五倍はあるだろう。屋根はくすんだ青で、窓枠は白く、パイプ状の黒い煙突が突き出している。

ガレージはシャッターが閉まっていて、側面の壁に鉄製のドアと、小さな嵌め殺しの窓がある。

私たちは館の裏に着いたのだが、表に回ると、舗装された道が林の中へゆるやかな弧を描いていた。道は林を出たところで公道にぶつかるのだという。

「鈴林さんって、お嬢様なんだね」

勢也が目を円くする。

「母の再婚相手が母に財産を遺して亡くなっただけ」

玄関の二重扉の先は吹き抜けのホールで、一面の窓の向こうにウッドテラスが見えた。スリッパに履き替えるように促して、夏野は私たちを二階に案内した。

廊下に面して寝室のドアが三つ並んでいる。真ん中の寝室はすでに智巳が占領しているから、階段側を勢也、奥の一番広い主寝室を私と夏野で使おうと言う。

主寝室は十二畳ほどの広さがあった。むきだしのフローリングで、水色の壁紙がまだ新しい。壁際に白いチェスト。チェストの上に大きな半円の鏡。窓を頭にしてシングルベッドが二台。三角形の天井には猫が尻尾をぴんと上げて歩きそうな梁《はり》が渡り、その左右に菱形の天窓が穿《うが》たれていた。

「ベッド、好きな方を使って。まだどっちも使ってないし、シーツや枕カバーは管理人さんが替えてくれたはずだから」

「管理人さんは近くにいるの？」

「普段は町にいて、定期的に通って空気の入れ替えや掃除をしてくれるの。連絡しておけば食材をそろえておいてくれたり」

「昨日はどこで寝――」

口に出しかけて、愚問だと気づいた。

「――こっちを使わせて」

私はすんと鼻をすすり、壁際のベッドに寄せて鞄を置いた。

「準備できたら下りてきてね」

二人きりでいるうちにいろいろと訊いておきたかったけれど、私が鼻をかんでいる間に夏野は出ていってしまった。

一階にはバターで炒《いた》めた玉ねぎの匂いがたちこめていた。

「いい匂い」

「夕ご飯、キノコとチキンのシチューにしたけど、よかった？　管理人さんに焼きたてのパンとジャムを届けてもらったの」

カウンターキッチンの中で、髪を一つにまとめた夏野が微笑む。

「大好き。夏野ちゃんの手作りなんて楽しみ」

「口に合うといいけど」

「手伝うよ」

「座ってて。お客様だから」

一枚板の大きなテーブルを囲んで椅子が六脚。鋳物《いもの》の薪《まき》ストーブがパイプを通して壁に設置してある。

「煙突ってこのため？　薪を燃やすんでしょ？」

「本来はね。母は練炭ですませてるみたいだけど」

「それって味気ないなあ」

くつろいだ様子で葡萄ジュースを飲んでいた勢也が馴れ馴れしく口を挟む。夏野が冷蔵庫からジュースの壜を出してグラスにそそぎ、私にも渡してくれた。

弱火にしたコンロの上では厚手の鍋がことこと揺れて、蓋の隙間から湯気を立ち上らせている。

夏野がキッチンの窓を開けて湯気を逃がした。

舌に滓《かす》が残るほど濃厚なジュースを味わいながら私は窓辺に立った。

小鳥のさえずりが、遠ざかっては近くなる。

生まれる前の魂たちがささやき交わすような梢の音に耳を傾けながら、私はもう還れないのだろう、と、予感めいて思う。


「〝エンジェルさん〟をやらない？」

弱火でシチューを煮こんでいる間、突然夏野が言い出した。

「〝エンジェルさん〟って、こっくりさん的な？」

勢也が困惑したように訊き返す。

「やったことない？」

「一回ある、かな」

小学生の時、勢也が満利江につきあわされてやっているのを見たことがある。満利江はそういうことには決して智巳を誘わなかった。

「そろそろ智ちゃん起こさない？　智ちゃんも一緒に――」

「智巳くんはやりたくないって言うの。悪霊にとりつかれるって思ってるみたい」

「悪霊？」

「きっと、恨まれる覚えがあるのね」

「まあね、智ちゃん、女の子と遊びでつきあってその気にさせちゃうこと多いんだ。もてるのを自覚して楽しんでるところあるから。悪気はないんだけどね。ほら、まり――山辺さんもそうだったじゃん」

満利江が大けがをしたというニュースはまたたくまに第二小時代の同級生の間に広まった。勢也の耳に届いていないはずはないのに、よく名前を出せるものだ。心配するふりをしろとは言わないけれど。

「エンジェルさんは死者の霊よ。智巳くんは誰かを死なせたことがあるの?」

「それはないと思うけど。さすがに」

「勢也くんは?」

「いやあ、僕は智ちゃんみたいにもてないし」

「女の子とは限らないわ」

「え?」

瞬間、眉根を寄せた勢也をよそに、夏野はスケッチブックをひらいてテーブルに置いた。五十音表と、0から9までの数字と、「はい」と「いいえ」、それに鳥居のマークが黒いマジックで書いてある。

「勢也くん、硬貨ある? 五百円だと大きすぎるから、十円か百円」

勢也はポケットから百円玉を出した。

「表を向けて鳥居に置いて」

「表ってこっちだっけ」

「途中で指を離さないでね」

三人とも立って紙を囲む。私は夏野の考えが読めないまま、鳥居マークの上の百円玉に右手の人差し指を乗せた。

「エンジェルさん、エンジェルさん……」

夏野が呪文のように文言を唱える。百円玉が紙をすべりはじめた。

「瑞葉ちゃん、何か答えがはっきりしていることを訊いてみて」

「今、何月ですか?」

百円玉は8の上で止まった。夏野が視線で勢也を促す。

「ええと、今夜は星が見れますか?」

百円玉は蛇行しながら「いいえ」に移った。私の指先は硬貨に軽く触れているだけだから、動かしているのは夏野だろう。

「次は鈴林さんだよ」

「笹塚智巳は人を殺したことがありますか?」

勢也がぎくりとしたように夏野を見た。百円玉は勢いよくアーチを描いて「はい」に移動した。

「その人の名前は?」

百円玉は五十音表を蛇行したあと、「た」の上でいったん静止した。あとは流れるように、

「か」「た」「か」「な」「め」――。

「たかた、かなめ……?」

夏野は初めて聞く名前のように首をかしげた。

「たかだ、かなめ。第二小の一組にいた子」

私も知らん顔で答える。

「卒業式の前に自殺したの」

「ええと、一組でいじめられたみたいなんだよね。まあ、でも、自殺の原因はいじめとは限らないわけでさ」

勢也は「一組で」を強調した。

「智巳くんはその子に何かしたの？」

「ちょっとからかったっていうか」

「何をしたの？」

「まあ、それはいいじゃん。智ちゃんのいないところで言うと悪口みたくなるし」

「笹塚だけのせいにしようとしてるけど、自分も同罪でしょ？　山辺さんと三人で赤い絵の具を――」

「新田には関係ないだろ！」

あごを痙攣させ、いつにない剣幕で勢也は私の言葉をさえぎった。

「怒鳴らないで。それなら勢也くんがちゃんと話して。赤い絵の具を、どうしたの？」

昂りもしない夏野に射るように見つめられると、その静かな凄味に気圧されたように首を縮めて、勢也は上目遣いで天井を見た。

階上からは、ずっと物音一つしない。

「――あれは――智ちゃんがやったんだ。智ちゃんと山辺さんが。僕は押さえてろって命令されて。智ちゃんに逆らえば自分がやられるから、しょうがなくて」

つと、夏野は百円玉に視線を落とし、

「――エンジェルさん、教えて下さい。笹塚智巳、山辺満利江、米田勢也の誰に要くんは殺されたんですか？」

勢也が色を失って夏野を凝視する。かなめという名前は男女どちらにも使えるのに、夏野が迷いもせず「くん」をつけて呼んだからだろう。しかも名字ではなく、名前の方に。

百円玉は紙の上をぐるぐると回って3で止まった。

「三人に、ってことですか？」

百円玉が「はい」に移る。やにわに、勢也がスケッチブックをはたき落とした。

「指を離したらだめだと言ったのに。呪われるわよ、勢也くん」

「鈴林さん、高田を知ってるの？」

「――瑞葉ちゃん、智巳くんを呼んできてくれない？」

少し外してほしい――そう言っているように聞こえて、私は頷いてホールを出た。二階へは行かず、扉を少し開けて様子をうかがいながら聞き耳を立てる。

「あなたたちが要にしたことは知ってるわ。智巳くんは勢也くんがやったって言ってた。山辺さんにけしかけられたんですってね。勢也くん、山辺さんをよろこばせるためなら何でもしたんでしょ？」

「いや、それは違うって！　智ちゃんが平気で嘘をつくのは鈴林さんだって知ってるよね？」

「智巳くんの前で同じことが言える？」

「もちろん。智ちゃんが何て言おうと事実は事実なんだし」

「要に謝ってくれる？」

「遊びの度が過ぎたんだったら謝るよ。僕、てっきりあいつも楽しんでるって……」

「最初は『からかった』で、今度は『遊び』？」

夏野が勢也の真正面に立った。右手が勢也の股間に伸びる。細い指がそこを絡めとり、

「あなたは楽しいのね。裸にされて、押さえつけられて、よってたかって身体に絵の具を塗りたくられることが。ここに塗られたらうれしくてたまらないのね？」

「鈴林さん、何やって……」

「もっと誠意をこめた謝罪の言葉を考えて。そうじゃなきゃ瑞葉ちゃんは納得しない」

「——何だ、やっぱり新田さんが仕組んだんだ」

勢也は安堵したように肩で息をついた。

「瑞葉ちゃんは大切な友達だから……。残念よね。せっかく二人でこんな場所に来られたのに。こんな機会、きっともうないわね」

夏野が勢也に顔を寄せる。耳につくほど唇を近づけて何かささやくと、勢也は真っ赤になった。

「でも、新田さんが……。智ちゃんもいるし……」

「智巳くんは勢也くんが追い払えばいいじゃない。そうして瑞葉ちゃんを眠らせて……」

「マジ？」

「智巳くんを糾弾《きゅうだん》して追い出せたら、瑞葉ちゃんも勢也くんを見直すわ。それでちゃんと謝れば、

きっと許してくれる。そうしたら薬で眠ってもらうの。私と勢也くんと二人きりになれるわ」

夏野が指を止めた。

「遅いね。智巳くん起きないのかな。早くしないと帰るバスがなくなるのに」

「僕が見てくるよ」

私はとっさに柱のかげに隠れた。柱には木目にまぎれて一匹の蟬がとまっていて、危うく声をあげそうになる。

勢也がはじかれたように飛び出して階段を駆け上がっていった。

それを追いかけた私は、これから何を見ることになるのか予測していたと思う。

勢也が真ん中のドアを勢いよく開けた。鍵は掛かっていなかった。

部屋は冷房が効きすぎていた。ナイトテーブルに置かれたN高原のガイドブック。鉄製のダブルベッド。

掛け布団の真ん中がこんもりふくらんでいて、いかにもそこに人がもぐっているように見える。そのふくらみはぴくりとも動かない。

「……智ちゃん？　寝てる、の？」

勢也は布団をめくるなり、「うわっ」と叫んで尻もちをついた。

智巳は全裸だった。

こっちに向けた顔はぞっとするような土の色で、苦悶《くもん》に歪んでいた。

見ひらかれた目は血管の網を浮き上がらせ、唇のまわりが青緑に染まって、枕もシーツも青い嘔吐物《おうとぶつ》で汚れている。

私についてきた蝉が透き通る翅を広げて旋回し、智巳の唇にとまった。

勢也はげえっと葡萄ジュースを吐いた。

自分でも信じがたいことに、私には驚愕も動揺もなかった。

……大橋の腐乱死体に比べたらだいぶましだから？　〝エンジェルさん〟をしている間に鼻がつまって、嗅覚が働いていないから？

褐色の液体を満たしたグラスを手に、夏野が入ってきてドアを背に立った。

「パラコートって知ってる？　除草剤よ。ガレージにあったの。猛毒だから誤飲しないように青く着色されているけど、カプセルに注入すれば色なんて何でも同じよね。勢也くんも、そろそろ胃の中でカプセルが融けた頃？」

「……さっきの酔い止め……だましたの、鈴林さん……」

「結構時間がかかるのね。智巳くんは葡萄ジュースに混ぜたのを一息だったからすぐ終わったの。色が少しへんだったけど、暗くしてたから気がつかなかったのね」

「嘘だろ……」

「ジュースだけみたいね」

夏野は醒めた目で床の汚れを見つめた。

「残念ね。今すぐ吐けば助かるかもしれないのに。もっとお水をたくさん飲まないとだめね」

勢也は口に指を突っこんでえずいた。

「こんな形じゃなく、勢也くんとここに来たかった。どうして勢也くんにはカプセルで飲ませたのか分かる？　勢也くんが好きだから、助けたかったからよ。心から後悔して心から要に謝ってくれればそれでよかったのに」

「ごめん、マジで……いくら智ちゃんに言われたからって……」

「この期に及んで人のせいにするの」

「……頼む、そのグラス……」

「これはウーロン茶よ」

夏野はグラスを傾けて、その中身を床に滴《したた》らせようとした。私はその手が白い綿の手袋に包まれていることに気づいた。

勢也が飛びかかり、グラスを奪い取った。――いや、夏野があえて奪わせたのだ。小さなカプセル二つに致死量のパラコートが入るはずもない。

一気に呷《あお》った勢也の手からグラスが落ちて砕けた。勢也は喉を掻きむしり、膝を落とし、海老《えび》のように背骨を曲げて激しく嘔吐しながら床を転げ回った。

「あなたと二人でいる時、いつもこの瞬間だけを思ってた。やっと叶ったのね」

声、というものにもしも触れることができるなら、夏野のその声に触れた指先は瞬時にして凍傷になり、壊死《えし》するだろう。

「要を踏みにじって万能感にでも浸ったの？　人を傷つけることがそんなに楽しいなら、そういう人たち同士でいくらでも傷つけあって楽しめばいいのよ。どうして誰も傷つけないように生きてきた要を――あんなに優しかった要を――」

またたくたびに、夏野の瞳は透き通ってゆくようだ。一瞬ごとに、瞳孔を黒くきわだたせながら。

めちゃくちゃに床を引っ掻く勢也の爪がたちまち血まみれになる。眼球が飛び出し、白目にはひび割れたように血管が浮き上がる。

本当に、私はこんな場面を見てどうしてこれほど平気でいるのだろう？　私の手が、もうすでに汚れているから……？

「勘違いしないで。死んでつぐなえなんて思ってない。あなたたちの命を束にしても要とはつりあわないもの」

爛《ただ》れた呻吟《しんぎん》を絞り出しながら、勢也の手が夏野の足首をつかもうとする。

「後悔も謝罪もいらない。苦しんで死ねばいい、それだけよ」

ひたすらに透き通った瞳で夏野はそれを見下ろしていた。

「今夜の星は見られない——エンジェルさんだってそう予言したでしょ？」

電気に打たれたように痙攣したあと、ようやく、勢也は動かなくなった。


「ごめんね、瑞葉ちゃん、いやなものを見せて」

夏野が作ったキノコとチキンのシチュー、レタスとトマトのサラダ、温めたパンと醗酵バター、ブルーベリージャムに蜂蜜。そんな夕食を私たちはとっている。

「ウーロン茶に毒を？　ちょっと濃いくらいで、普通の色に見えたけど」

異常だ、と思いながら私は訊く。

あんなことがあったあとに、天井の上に二つの遺体が転がっているその下で向かい合って、こんなふうに穏やかに夕餉《ゆうげ》をとっているなんて、異常だ。

「パラコートに色が着けられたのは何年か前のことで、その前は茶色いまま売られていたらしいの。古いのと着色された新しいのと二種類保管してあった。智巳くんには青い方を飲ませたわ。青い液体を吐いているのを見せて、パラコートは青いって勢也くんにすりこむために」

夏野は目撃した私に対して、とりつくろおうという気も、言い訳をするつもりもないようだった。一人で粛々《しゅくしゅく》と復讐を実行した夏野は私の手助けなど最初から必要としていなかったし、私が止めたくらいで迷ったりやめたりするような中途半端な決意でここへ来たのではないのだ。

あれから順番にお風呂に入って、こびりついたさまざまなものを洗い流した。服も着替えた。入浴後の夏野はふわりとした白いワンピース姿になっていた。ネックレスをつけていて、浅い衿ぐりのところに金色の細い鎖が見え隠れしている。

芙蓉の精のようで、やはり夏野にはジーンズよりこういう服装が似合う。

いつのまにか私はスプーンを置いて考えこんでいたらしい。あと二口のシチューが器の中で冷めている。

「瑞葉ちゃん？」

「どうしたの？　考え事？」

「うん。死体をね、どうにかできないかなって」

――二つの死体とそれがあった痕跡とを、この別荘のどこを調べられても何も検出できないくらい完璧に消し去ることができないだろうか。

ガレージの裏にあった焼却炉で燃やし、骨をどこかに埋めたら……？

二人がここへ来たことさえ分からなかったら、それは悪手ではない気がする。勢也は親に合宿

と偽って出てきたらしいし、智巳もまさか夏野の別荘に夏野と二人きりで行くとは言わなかったはず——そんなふうに話すと、

「無理よ。二人がここに来なかったことにするのは。警察が調べれば二人の足取りは簡単に明らかにされる」

「じゃあ、殺人以外に見せかけなきゃね」

パラコートを飲んだことはごまかせないし、死んだ順番が変えられないなら、勢也が智巳に毒を盛ったことにしたらどうだろうか。

動機は夏野を奪われた嫉妬だ。単なるいやがらせで殺すつもりはなかったのに、智巳は死んでしまった。殺人者になった事実に耐えきれず、勢也自身も毒を呷って自殺——。

真剣に話しているのに、夏野はくすくす笑う。

「もう、真面目に考えてるのに」

「シナリオとしては悪くないかも。でも、智巳くんが死んだ時間に勢也くんは別荘にいなかった」

「そうか。昨夜は、米田、まだ東京だもんね」

私はスプーンを持ち直してシチューを口に運んだ。向かいに座った夏野は食べ終えて、水を一口飲んだ。

「だめよ、瑞葉ちゃん。そんなこと言ってると共犯者になるわ。自首を勧めなきゃ」

「私がそんなことすると思う？」

「常識的にはしなきゃいけないところじゃない？」

「夏野ちゃんを説得して警察署につきそっていくとか？」

「そう。拘置されてる私に手紙をくれたり、面会に来たり、差し入れをしたり」

「二人が高田くんにどんなひどいことをしたかを証言して、刑罰を軽くするように嘆願したり」

そんなふうに言葉をやりとりしていると、本気なのか冗談を言い合っているのか分からなくなってしまう。

「瑞葉ちゃん、コーヒー飲まない？」

先に鼻炎薬をもらった。小瓶に入った白と水色のカプセルを二つ。夏野も帰国してから花粉症の症状が出て、薬で抑えているのだという。

私が食器を洗う間に夏野がコーヒーを淹れた。ゆるめに泡立てた生クリームを浮かべたウィンナーコーヒーだ。

ソファに移り、並んで座って、しばらくは黙ってカップを傾けた。

夏野は生クリームをあまりくずさす、器用にコーヒーだけを飲んでいる。それができれば最後の一口まで生クリームの風味を楽しめる。私は最初にスプーンでかき混ぜてしまったけれど。

「夏野ちゃん、訊きたいことがあるの」

私は思い切って切り出した。これ以上沈黙が長引けば何も言えなくなる気がしたのだ。

「中原先生って何者なの？　第二小に電話して連絡をとったって言ったけど、中原先生、とっくに第二小をやめてたんだよね？　夏野ちゃんと中原先生って、本当はどういう関係なの？」

夏野は動揺するふうもなく、こぼれかかった髪を細い指先ですくって耳にかけた。

「母方のおばあちゃんが書道教室をやってたって言ったのを憶えてる？　生徒さんの中には教室以外で親しくしてる人がいたって。それが桐子さん」

やはりそうだった。それしかないと思っていた。初対面のようなカフェでのやりとりは演技だったのだ。

なぜ、そんなことをしたのだろう？　要の事件のことを詳しく聞かせて私の好奇心を刺激するため？　要への同情心や、正義感からの怒りを引き出すため？――確かにそれは成功したと言えるけれど。

「桐子さんはまだ新米の先生で、近所のアパートでひとり暮らしをしていたの。親代わりは言い過ぎだけど、おせっかいで面倒見のいいおばあちゃんを慕っていたみたい。よく一緒に夕ご飯を食べたりもしたの。桐子さんと留守番している時に私が火傷して、それがきっかけで要たち家族が出ていって、それからすぐ桐子さんも学校が変わって引っ越していった。桐子さんの新しい赴任先が第二小学校だったのは本当に偶然なの」

「高田くんの事件のこと、夏野ちゃん、最初から知ってたの？」

夏野は首を振った。

「事故死だって信じてたわ。桐子さんとはカナダからも手紙をやりとりしたけど、おたがい要のことには触れなかった。帰国して、瑞葉ちゃんから本当のことを聞いて、すぐに桐子さんに会いにいったの。桐子さん、隠しててごめん、って。桐子さんは一人で要の事件のことを調べて真相に迫ってはいたけど、どうしても確証が得られなかった。だから私がああいう形で久岡領子に会って、告白を引き出したの。その準備として久岡領子と瑞葉ちゃんに写真を送った」

「どうして私に？」

「瑞葉ちゃんが必要だったから」

「私、夏野ちゃんの役に立てた？」

「ここまで来られたのは瑞葉ちゃんがいてくれたからよ」

夏野が微笑む。あでやかな、凄惨な、血染めの芙蓉のような微笑――いつだったか、妹の友達の真美に見せたような普通の笑顔を、夏野は私に見せたことはない。二人で「指切りげんまん」を歌ったあの時だけだ。

「大橋俊二は三、四年生の時、要の担任だったでしょ？」

私の沈黙をどう解釈したのか、夏野は説明を続けた。

第二小では教師によって、低学年、中学年、高学年のどの学年を受け持つか決まっていた。大橋はもともと中学年の受け持ちだったのが、私たちの学年と一緒に持ち上がって高学年の担当に変わった。大橋が三年生の担任だった時は私たちも三年生だった。そして大橋のクラスに要が転校してきたのだ。

「その立場を利用して要を精神的にいたぶって楽しんでいたのよ。桐子さんは気がついて教頭に話したけど、とりあってもらえなかった。それで校長に報告したら、大橋は事情を訊かれて、誤解だと答えたらしいわ。いじめは一応収まったけど、要が五年生になる時に別のクラスとはいえ高学年の担任にしたんだから、結局、桐子さんより大橋を信頼していたってことよね」

「大橋って、教頭先生とかお母さんたちの前では人格者ぶってたから」

「桐子さんは教頭も校長も見限ったの。だから、黒板の絵をきっかけに一組でいじめがはじまって、大橋がそれに便乗した時――」

私も見たことがある。休み時間に要が隠れているのを見つけ出して、「みんなで遊ばなきゃだめじゃないか」と無理やり校庭に引っ張っていくのを。「こいつも仲間に入れてやってくれ」と、にやつきながら一組の男子に声をかけるのを。

そうやって要はどんどん居場所を失っていったのだ。

「自分で何とかするしかないと思った桐子さんはそのために大橋の弱みをにぎろうとして、私生活をさぐるうちに久岡先生との不倫を知ったの。学校の家庭科室で密会しているらしいと分かって、証拠を押さえるために二台のビデオカメラを仕掛けた。あの日——三月十九日にも」

「あの日は警察も来たのに、どうやってビデオを回収したの?」

「すぐに警察を呼んでいたら無理だったでしょうね。でも、集まった先生たち、カーテンにくるまった要を囲んでぐずぐずしていたんでしょ? 瑞葉ちゃんが四年生の子たちを保健室に連れて行っている間に回収して、隠すことができたみたい。桐子さん、言ってた。ほかの先生たちは桐子さんが何をしていても気にもとめないって」

中原桐子が職員室で軽んじられていたのは事実だろう。それを逆手にとったわけだ。

「ビデオにはあられもない二人の姿から、要を辱めた三人が逃げ出すまでが映っていたけど、そこでテープが終わってしまって、要がどうやって死んだかは分からなかった」

「夏野ちゃんは見たの?」

「桐子さんは二人の関係が分かる場面の写真を撮って、あとは誰にも見せずに焼き捨てたの。テープを表に出すことで、三人の犯罪を——まぎれもない犯罪よね——世間に知らしめることができるとしても、そのことで傷つく要の尊厳の方が重い。少なくとも日本の現行の法律では十二歳の三人を罰せない。それどころかそのテープは、三人が要を刺していないことをわざわざ証明してあげることになる、って」

「夏野ちゃんには高田くんの姿を見せたくなかったんだね」

「とても正視できないようなものだったんでしょうね。それを見ていたら、きっとこんななまやさしい殺し方はしなかった」

「大丈夫。二人とも悶え苦しんで死んだよ」

「ありがとう」

「大橋と久岡も」

「そうね、そう聞いたわ」

夏野はカップを置いた。カップの中に生クリームの雲がふわりと残っている。

「久岡領子の口の中からはタオルの繊維も検出されたはずよ。耳を切り取る時に口の中に押しこめたらしいから」

「悲鳴を封じたんだね」

大橋がくわえていた耳も同様の役割だろうか。それとも腹部を刺したあとで耳を口に押しこんで、これを食べたら救急車を呼んでやるとでも言ったのだろうか。

もちろん、主たる目的は、その耳によって二つの事件がつながっていることを示すためだろう。

「やったのは中原先生？」

「久岡領子は出かける時に玄関の植木鉢の下に鍵を置く習慣だった。息子がいつ訪ねてきても入れるようにって思ったのかな。桐子さんが合鍵をつくる機会はいくらでもあったの」

「事件のこと、真美ちゃんのお兄さんに聞いたっていうのは嘘？」

あの時、疑問に感じたのだ。現場となった家の持ち主の娘であるというだけで、刑事があんなに微に入り細《さい》を穿った説明をするだろうか、と。いくら関連があるとはいえ、久岡の事件のことまで。

情報を得るために夏野が田中に身体を与えたのではないか——そんな、双方に失礼な下衆《げす》の勘繰りさえしていた。

「事実と、想像よ。死亡推定時刻とか、久岡先生の元旦那さんと要のお父さんが容疑から外されたこととか、田中さんからの情報も少しあるけど」

「警察が犯人を特定したっていうのは？」

「そろそろ桐子さんまで捜査が及んでいてもおかしくないと思ってる。桐子さんの行方は私にも分からない」

夏野は首元の鎖に指先をすべらせ、ワンピースの上にネックレスを出した。珊瑚だろう、小さな薄紅色の珠が揺れている。中原桐子がこれと似たピアスをしていたことを思い出す。

「久岡領子を殺して自殺に見せかける工作を施した大橋は、偽装が失敗したと知って、逮捕される恐怖から自殺。殺害の動機は、要に対して犯した罪を彼女だけが知っていて、それを盾に結婚を迫られたから。自殺の場所に要の家を選んだのは一応贖罪《しょくざい》のつもり……それが最初のシナリオだったのに」

「大橋のあの死に方は、殺人だって言ってるようなものだったよね」

「私が発見するために要の家じゃなければならなかった。桐子さんが合鍵をつくるのに要の家の鍵を貸したわ。桐子さん、リビングの入り口を内側からふさいでおくって言っていたの。殺害後はキッチンの窓から出るから、発見した時のどさくさでその鍵を閉めてほしいって」

シンクの横に縦長の窓があった。子供なら出入りできるだろうという大きさの窓だ。私や夏野でもぎりぎりどうかというところだけれど、きりぎりすと揶揄《やゆ》された中原の細さなら通れるかもしれない。

そうやって密室をつくり、あとは首を吊らせるとか、毒物を飲ませるとか、もっと自殺らしく見えるやり方で殺せば――いや、そんな工作で警察はだませないだろうが――。

「桐子さんの言うやり方でうまくいくと思ったわけじゃないけど、私は知らない方がいいから全部話さないだけで、もっとちゃんと考えてるから大丈夫だと言われて」

「夏野ちゃんを共犯者にしたくなかったんだね」

「瑞葉ちゃんをまきこんでごめんね」

「ううん、むしろうれしいよ」

それは、本当に、本当のことだ。

「玄関の鍵を開けておく代わりにリビングの入り口を内側からふさいであるはずなのに、ふさいでいなくて。リビングの窓も鍵が開いていて、わざわざサッシの埃を払ってあった。私がキッチンの窓の鍵を掛ける意味はなかった。計画とは逆に、密室にしないための工作がなされていたわ。大橋先生の殺し方もよ。自殺に見せかけようとする殺し方じゃなかった。写真がばらまいてあるのも、久岡先生の耳をくわえているのも……。それで、絨毯にこの珊瑚が落ちてた」

「それって、中原先生のピアス？」

「そう、ネックレスに加工したの」

「あの時、急にしゃがんだのはそれを拾うため？」

珊瑚をにぎりしめて、夏野が頷く。

「昔、桐子さんの書道コンクールの入賞記念に私が選んだの。一緒に見立ててほしいって言われて。桐子さん、その時はピアスの孔をあけていなかったのに、私、イヤリングとピアスの違いも知らなくて。ピアスの方が落ちなくていいやって、桐子さんはその帰りに孔をあけたわ。それからとても大切にしてた。落とす危険があるのに、殺人を犯す時につけてくるはずがない。桐子さんはわざと置いたのよ。これが桐子さんの計画、桐子さんの意志だと私に伝えるために」

「全然連絡はないの？」

「ないわ」

「心配だね」

「たぶん、桐子さんは髪の毛とか、指紋とか、自分がやったっていう証拠を現場に残してる」

「疑いが夏野ちゃんに向かないように？」

「私が心置きなく私の復讐をできるように」

夏野が私の髪に触れて、思わず息を止めるほど間近から瞳を覗きこんだ。

「――だから、私はそれをするだけ」

ワンピースの裾を揺らして夏野は立ち上がる。

「ガレージにね、瑞葉ちゃんに見てほしいものがあるの」

満利江の死体ではないかと、ふと私は思う。桐子が姿を消す前に、最後に夏野のために満利江をさらって閉じこめておいたのかもしれない。

それを、夏野が手にかけた？

それともまだ生きているなら、今度こそ私が……。

「来て」

夏野がひらひらと私を手招く。

第十章　少女の心臓

ヨーが虫たちに見つかった。
じいちゃん桜が止めるのも聞かずに虫たちはヨーにおそいかかった。
多勢に無勢――ヨーも、ヨーをかばったカーヤも死んだ。
ヨーは虫たちに骨まで食いつくされた。
左の片翅だけになったカーヤのなきがらはじいちゃん桜の根元に捨てられた。
じいちゃん桜は最期の力をふりしぼり、カーヤの真上の枝に花を咲かせた。
淡いピンク色の花びらがカーヤの上にふりそそいだ。
花びらがすべて散ったとき、じいちゃん桜は根元からたおれた。
花びらはカーヤの片翅を包んで、いちじんの風にまいあがった。

*

正面のシャッターは下ろしてある。横に設置されたドアを開けて中に入る。ガレージは物置の役割も兼ねていて、箒やちりとり、ホースや脚立《きゃたつ》など雑多な道具がコンクリートの壁ぎわにまとめられている。スチール棚には今朝までは二種類のパラコートの壜が置いてあった。

明かりとりの窓が一つあるが、陽はすでに山あいに落ちており、別荘の周辺は暗い紫陽花《あじさい》色の霧に覆われている。私はドアを閉めると同時にスイッチをさぐって電気をつけた。

天井の二本の蛍光灯のうち、一本だけが、ちかちかとためらいながら灯った。

光の届かない隅に、闇がうずくまっている。

瑞葉ちゃんにガレージの中を注視させてはいけない。なぜ暖かいのか、気がつかれてはならない。そのためにわざわざ蛍光灯の一本を切れたものに換えて、電気をつけても暗がりを残すようにしておいたのだ。

「中はあったかいね」

めずらしそうに見回す瑞葉ちゃんに、棚から一冊のスクラップブックをとって手渡した。

「これを読んでみて」

C区立第二小学校を一か月半で転校し、父の家に移る時、要は絵本を描いて送ると約束してくれた。すでにストーリーは完成していて、構想通りに仕上がれば今までで一番長い作品になる。夏野だけに読んでほしい。夏野にプレゼントしたい、と。

最初はA4用紙の表紙だけが届いた。長いあごひげを持つ桜の老木の根元から丸眼鏡をかけたもぐらが顔を出し、左側の翅に蘇芳色のまだら模様を持つ蝶が舞い遊ぶ絵――ペン画に水彩色鉛筆で繊細に色をつけてある。

タイトルは〈カーヤの翅〉。著者名は〈春野もぐら〉。

「春野もぐら……?」

「要のペンネーム。要が描いた絵本よ」

要のお父さんはマウンテンバイクやキャンプが好きなアウトドア派で、要と一緒に楽しみたい、要にもっと外に出てほしいという思いが強かった。部屋にこもって絵本やマンガを描いてばかりいる要に「もぐらみたいなやつだな」と言ったことがあるのだ。

要は深く傷ついたが、やがて開き直って自分のペンネームにした。

物語を綴った薄紙をゼムクリップで留めて、美しい絵が一ページずつ、月に二、三回のペースで送られてきた。私はスクラップブックを買って、届くごとに一枚ずつ大切に貼っていった。

要への手紙には絵本の感想と日々の出来事を記したが、いやなことには触れず、楽しかったこと、うれしかったこと、感動したこと——要が笑顔になれるようなことだけをしたためた。

要も同じだった。絵本に添えた手紙には、つらいことなど日々には何一つないかのように、ぼくは元気でやっているとだけ書き続けた。

そして、すべての思いを自作の絵本に託したのだ。

カナダに行ってからもやりとりは続き、そうしていると、会えなくても要と会話しているような気がした。

そのたくさんの手紙は、「夏野ちゃんが持っていてくれるのが要は一番うれしいと思う」と、要の死後、伯母から船便でカナダに届けられた。復讐を決意してから、要の手紙と一緒に毎晩少しずつ燃やして、ここに来るまでにすべて灰にしてきた。

物語は次第に悲しい展開になり、読み進めるのがつらいこともあった。ヨーが死ぬ場面では涙が止まらなかった。それでも幸せな終幕が待っていると信じた。

〈次、ラスト一枚！〉

三月の末――要が死んでから届いた最後の手紙は、四十九ページ目の原稿と、そのひとことだけだった。

最後の一ページに要が何を描こうとしたのか、要の死を知った時から私はずっと考え続けていた。

四十九ページ目は、花びらの繭に包まれたカーヤが消滅と再生のはざまを揺れ動くシーンだ。一度は絶望し、〈じいちゃん桜〉やヨーとの思い出に浸りながら消えてしまおうとしたカーヤだったが、無に還ろうとする寸前、ヨーの言葉がよみがえる。

カーヤには見えた。ぼろぼろになって倒れた〈じいちゃん桜〉の幹から空に向かって伸びる芽が。産声《うぶごえ》を上げるあかちゃんもぐらが――。

「すごいね。小六でこんなふうに描けるんだ」

「要なら夢を叶えられた」

絵本作家かマンガ家になりたいと言っていた要。分厚いレンズ越しに、まっすぐに夢を見つめていた要。〈次は初の投稿作品にとりかかる予定！〉と手紙に書いていた要。

傷つけられ、踏みにじられ、見殺しにされた要。硬く冷たい床の上で、血を流しながら裸で息絶えた要。

要はもう夢を叶えることはできない。

ただ夢を見ることすらも……。

「続き……は？」

四十九ページ目を読み終えた瑞葉ちゃんが生あくびを噛み殺しながら訊く。――薬が回ってきたのだろう。なぜ要の絵本をわざわざここで見せたのか、疑念を抱く余裕はなさそうだ。

「ないわ。それが最後のページになったの」

だから、要は自殺ではないと思った。絶対に。

〈カーヤの翅〉を完成させずに要が死ぬはずがない――それは確信であり、信頼だった。

残酷ないじめを受けて思わず包丁を手にした要は、その刹那、もしかしたら、死にたいと思ったかもしれない。

けれど、思うことと実行することとは違う。

それは、まったく違うのだ。

「包丁が胸に刺さって、もうすぐ訪れる死を悟った要がその時何を思ったか考えたの。描けなかった最後のページを描きたい、私に届けたい。そう思うはずだって」

「……うん、これって夏野ちゃんへのラヴレターだもんね。完成させたかったはずだよね。どんなラストだったんだろう……」

「どんなラストかは分かってる」

「え?」

と訊き返して、瑞葉ちゃんはまた小さくあくびをした。

「家庭科室の床に字が書いてあったって、瑞葉ちゃんの妹と真美ちゃんが言ったでしょ?」

「……S、O、だっけ。大橋のイニシャル」

「違うわ。数字なの。真美ちゃんの言ったことが正しかったの」

「……真美ちゃん……何て言ってたっけ」

瑞葉ちゃんはだんだん朦朧としてくるようだった。ろれつもあやしい。

「真美ちゃんは50って読んだ」

「……そういえば、そう言ってたね」

「原稿にページ番号がふってあるでしょ?」

瑞葉ちゃんは覚束ない指でスクラップブックを広げて最後の一枚を見た。

「四十九、ページ……」

「要は家庭科室の床に50って書いたの。ラスト、五十ページ目の50――。つまり要は自分自身を使って最後のページを完成させた」

「どういう、こと……?」

瞼が今にも閉じそうになる。

「――疲れたのね、瑞葉ちゃん。合宿のあとだし、いろいろあったから」

私はその手をとって座らせると、よりそってしゃがみ、両膝を抱いた。

「瑞葉ちゃんは見たんでしょ? 要はカーテンにくるまって、左半身に赤い絵の具を塗られて、微笑んで死んでいた。眼鏡を外したのはカーヤであることを示すため。眼鏡は要の――ヨーのトレードマークだもの。カーテンはカーヤを包んだ繭。まるまっていたのは誕生未満の胎児を表し、赤い絵の具で塗られた身体はカーヤがそういう姿で――左側にまだら模様を持つ翅で――生まれることを決めたということ。微笑んでいたのは、その決意に満足していたということ。包丁が胸に刺さって死を覚悟した要は、ペンをとって紙に描けなかった――私に送れなかった最後の場面を、自分の亡骸《なきがら》を使って絵にしようとしたの」

左側の翅に蘇芳色のまだら模様が広がっていることで迫害されたカーヤが、もう一度同じ姿で生まれることを選ぶ――それが〈カーヤの翅〉の結末だ。

「カーヤの片翅はきれいだよ。どんな花よりもきれいだよ」

ヨーの言葉を、カーヤは胸の中で何度となく繰り返したことだろう。私が要の言葉を支えに生きてきたように。

「瑞葉ちゃん、山辺さんが一昨日、病院で自殺を図ったのを知ってる?」

満利江が私を尾行するようになったことは好都合だった。こちらから出向かなくても満利江を殺す機会が向こうからやってきてくれる、そう思った。

けれど、私が手を下す前に満利江は駅のエスカレーターで足をすべらせて大けがをした。

私は瑞葉ちゃんに満利江が入院している病院を訊いた。もう時間がない。何としてでもけりをつけてしまうつもりで病院を訪れると、女の子が四階のトイレの窓から飛び降りたと騒ぎになっていた。

野次馬の輪に加わって聞き耳を立てた。

……まだ高校生……この間の雨の日に救急車で運ばれてきた……右手の指をなくして……顔にも傷……可愛い子なのに……。

満利江だと確信した私は病院に智巳を呼んだ。智巳なら満利江のお母さんから様子を聞き出すことができる。

飛んできた智巳は満利江が心配なのだという私の言葉を真に受けて、「優しいな」と目を細めた。

「昏睡《こんすい》状態でね。全身の打撲と骨折、内臓にも損傷があって、助かるとも助からないとも言えないらしいの」

あれから満利江はどうしただろうか。目を覚ましたのだろうか。いつか目覚めるのだろうか。それとも一生涯、覚醒することはないのだろうか。

「それがじゅうぶんな罰だとは言いたくないし、思わないけど、死ぬより生きる方がつらい場合もあるでしょう？　事実、山辺さんは本気で死にたいと願い、自殺を試みた。山辺さんにとって生きる方が苦しいなら、生きて一生苦しめばいいと思ったの。ただ、自分で何も手を下さなかったことは、やっぱり悔いになってるみたい。もう、どうすることもできないけど」

「え？」

「大丈夫だよ。今度はちゃんと殺すから」

積まれた落ち葉がくずれるように、瑞葉ちゃんがかさりと重心をくずした。

「瑞葉ちゃん？」

……うわごとだろうか。

「やっと、眠ったのね」

私は身体をずらして、瑞葉ちゃんをその場に横たえた。

瑞葉ちゃんは私が作ったシチューを食べ、私が与えた薬を服用し、私が淹れたコーヒーを飲んだ――疑いもせずに。

鼻炎薬だと偽って渡したカプセルの中身は睡眠導入剤だ。大橋の死体発見を口実に精神科のクリニックで手に入れた錠剤を粉砕して詰めたのだ。未成年で心臓の悪い私にそれほど強い薬を処方するとは思えず、カプセル二つ分では心もとなかったから、コーヒーに浮かべた生クリームにも混ぜた。

小さく口を開けて寝息を立てている瑞葉ちゃんの、少し汗ばんだ額に前髪が貼りついているのをはがし、指先を差し入れてそっと梳《と》かす。

――あの時、かばってくれてありがとう。一緒に音楽室に行ってくれてありがとう。うれしかった。それは本当のこと――。

第二小学校でも瑞葉ちゃんの潔《いさぎよ》いショートカットは目をひいた。きりっとした太い眉と、白く輝くやや大きめの歯が印象に残る女の子だった。あの頃はそれほど背が高くはなかったが、クラスの誰よりも大人びた顔つきをしていた。そして、誰とも群れなかった。

クラスに君臨していた智巳と満利江を――担任の大橋のことも――鼻にもひっかけない唯一の生徒と言ってもよかっただろう。それでも満利江は瑞葉ちゃんを標的にしようとは考えなかったはずだし、智巳でさえ瑞葉ちゃんにはどこか一目置いていた。

あの頃から瑞葉ちゃんは自分の中にしっかりと軸を持っていた。そういう強さが、私には眩しく見えた。

要の事件のことは帰国してすぐ母に聞いた。瑞葉ちゃんに聞くまでもなく知っていたし、学校で再会したときにはすでに桐子さんと計画を進めていたのだ。

編入した高校に瑞葉ちゃんがいたことは学区が同じなのだから驚くにはあたらないけれど、私のことを憶えているとは思わなかった。

瑞葉ちゃんは変わっていなかった。

何があっても瑞葉ちゃんの基軸はぶれなかった。

私は心のどこかで瑞葉ちゃんを死なせたくないと考えていた。瑞葉ちゃんが私を疑い、怖じ気づいて、この件から降りてくれればいい、私から逃げてくれればいい、ずっとそう思っていた。殺意とは裏腹に。

そうすれば私は瑞葉ちゃんに手を下すことができなくなる――手を下さなくてもすむ――と。

最初の日にあれほど詳しく身の上話をしたのも、そこに存在する要と桐子さんを見つけてほしかったから。私たち三人を結びつける糸に気づいてほしかったからだ。もちろん瑞葉ちゃんが言い出さなければ私から桐子さんの名前を出すつもりだった。

頭のいい瑞葉ちゃんがそこに思い至らないはずはないと思ったし、事実、いつからか瑞葉ちゃんはそのことを察していた。

誤算だったのは、それでも瑞葉ちゃんが私のそばにいたこと。

大橋の凄惨な遺体を目撃し、久岡領子が耳を切られて殺害されたと知って尚、そばにい続けたこと――。

母と行くなどという嘘で別荘に呼んだことに腹を立てて――そのふりをしてでもいい――一人で帰ってくれればと思ったけれど、それも不発に終わった。

最後まで瑞葉ちゃんは私を恐れなかった。智巳の死体を見ても、私が勢也をこの手で殺すのをまのあたりにしてさえも。

……怖がってくれたらよかったのに。

電話線は切ってあるけれど、もし別荘を飛び出してゆけば、走れない私には追いかけることはできなかった。

そうしてくれていたら――。

瑞葉ちゃんが引かない以上、私も引くことはない。

私は瑞葉ちゃんをそのままにし、スクラップブックを抱えて、いったん館へ戻った。

二階に上がり、主寝室のデスクにスクラップブックを置く。手袋をはめて二人が死んでいる寝室に行き、隠しておいた新旧のパラコートの壜をナイトテーブルに並べる。壜にはすでに二人の指紋がつけてある。私の肌にこびりついた智巳の唾液や残痕《ざんこん》は、夕食前のお風呂で徹底的に洗い流した。

智巳がパラコート入り葡萄ジュースを飲んだグラスは割って、ビニール袋に入れておいた。その破片を、床の上で砕けたグラス――さっきの勢也の――のそばに撒く。

ベッド脇のゴミ箱から避妊具を出し、中身をティッシュでこそげた。汚れたティッシュをまるめて捨て、こそげきれなかった残滓を勢也の唇と舌にこすりつけた。

硬直のはじまった勢也を脱衣させるのは予想以上の力仕事だった。私の鼓動は爆発しそうに激しくなったあとで、ひどく微弱になった。

私は、私の心臓はもう止まっているような気がした。私はもう死んでいて、命の余韻として残った心が肉体を動かしているような気がした。

勢也にはちゃんと愛撫の効果が出ていた。もう萎えているが、尖端や下着が汚れている。布から指紋の採取は難しいはずだから下着の指紋は気にしなくていい。

智巳の死体が横たわるベッドに勢也の死体を寄せる。勢也は右腕を伸ばした体勢で硬直し、おあつらえ向きに指を円く曲げている。

智巳の身体を押して左腕をベッドから落とし、その左手と勢也の右手をできる限り近づけた。できるなら人殺しと呼ばれたくない。八木の母と妹の里花のために。

——鈴林の母は——お母さんは、きっと大丈夫だ。

私は母に心臓病のことで真実を話してはおらず、母は無理をしなければ私がずっと生きられると思っている——だから私を置いて平気で家を空けられる——のだけれど、疾患の重さを承知していたとしても私の心を尊重してくれるはずだし、してくれなければならない。

赤ちゃんだった私を捨てたのではなく愛した男性を選んだのだと本気でうそぶく母は、私が望んですることならば、たとえ己の生命をけずるような行為であったとしても、それを止めるような人ではないし、また、その権利もないだろう。

私たちの死体が発見されるのはあさっての夜以降になるはずだ。

高校生の私が異性の智巳と泊まると知って、言葉にはしなくても内心あきれていた管理人夫妻が途中で連絡してくることはまずないとして、帰宅日の夜になっても息子が帰らなければ、勢也の両親は天文部の顧問の先生や部長に連絡をとるだろう。

彼らはそこで初めて、息子から聞いた合宿の日にちが嘘であったこと、息子は正規の合宿には参加しなかったことを知ることになるのだ。

合宿後に瑞葉ちゃんがここへ向かったことが分かれば、勢也も合流したかもしれないと思うだろう。バスの運転士が目撃証言をするはずだ。

瑞葉ちゃんには別荘の電話番号と住所を教えてある。瑞葉ちゃんはそれをきちんと家族に伝えているだろうから、電話がつながらないとなれば警察が訪ねてくるに違いない。

発見されるまでの二日間で、どれだけ腐敗が進むだろうか。

智巳と勢也の死亡時刻のずれは約二時間。

瑞葉ちゃんは勘違いをしていたようだが、智巳とそういう行為をし、葡萄ジュースに混ぜた毒を飲ませたのは今日の昼間——勢也と瑞葉ちゃんを迎えにいく直前のことだ。昨夜は具合が悪いふりをして、触れさせなかった。智巳は私に強引なことはしない。

——明日も、明後日も、晴れればいい。

もっと暑くなって、腐敗がどんどん進めばいい。

ふと思いついて部屋の窓を開け放す。

蠅《はえ》が入ってくればいい。無数の卵を産みつけて、無数の蛆《うじ》が孵《かえ》ればいい。

二人の死肉を骨がむきだすまでついばんで、二時間の差を埋めてほしい。

主寝室へ戻って瑞葉ちゃんのバッグを確認した。合宿の荷物だけで、残しておいて困るようなものはなかった。

祖母は毎年、ある新聞社の主催する書道コンクールに生徒の作品をまとめて応募していた。佳作で誰かの名前が載ればいい方だったが、一度桐子さんが銀賞をとり、作品が紙面に掲載された。

教室でお祝い会をしようというのを桐子さんが固辞したので、祖母と私と要と桐子さんの四人で桐子さんの好物の天丼を食べに行った。その帰り、要が花屋へ寄ると言い、おこづかいで一輪のピンクのチューリップを買って桐子さんに渡した。

「花をプレゼントされたのはあれが生まれて初めてだったよ。初めてで、きっと最後。うれしかったなあ」

桐子さんは眼鏡のレンズの奥で、シャボン玉のきらめきを追ういとけない子供のような目をした。

四月に再会した時から私たちの目的は同じだった。ただ、桐子さんはおそらく教師として、大人として、同じ教師で大人である久岡領子と大橋俊二を復讐のターゲットにした。

私は——もちろん大橋と久岡を許すことはできないが——笹塚智巳、山辺満利江、米田勢也こそが死に値すると考えた。

一度だけ桐子さんは私を止めた。いつも情報を伝え合っていたJRの駅で、短く髪を刈って男性のように変装した桐子さんと最後に会った時だ。

「あんな連中のために手を汚すことはないんだ。夏野には最後の最後まで光の中を生きてほしい」

桐子さんには告げてある。先天的な奇形で機能不全であるこの心臓は私の命を二十歳まで保証していない。

「要は死んだのよ、桐子さん。たった十二歳で。三人が今日まで生きてきたことを思うだけでも心臓が沸騰するような気がする。その次の瞬間には指先まで血が凍るような気がするの。何もしないで天国へ行くより、復讐を果たして地獄へ落ちるわ」

残されたわずかな寿命は要の復讐のためにあればいい。それで要の無念が晴れるわけではないとしても。

数秒の間、桐子さんと私は黙って見つめ合った。やがて桐子さんは私の髪を撫でて、笑った。

「了解。そこまで覚悟してるなら、もう止めないよ」

大橋の死体を発見した翌日、差出人の名前のない手紙が届いた。聞いたことのない土地の消印だったけれど、私はそれがどこなのか調べようとは思わなかった。

中身は便箋が一枚——。


〈罪と罰は私がこの世で負う。だから安心して要のところまで飛ぶんだよ〉


キッチンに下りて、桐子さんからの手紙と、手袋と避妊具とをコンロで燃やし、外の林に灰を撒いた。それから木の根元を掘って、珊瑚のピアスを加工したネックレスを深く埋めた。

——ありがとう、桐子さん。でも、私はやっぱり要のところへはゆけない。

夜空は紗《しゃ》に覆われたようにかすんで、星は一つも見えなかった。

睡眠薬の壜を持ち、残った八つのカプセルを唾液で飲み下しながらガレージに戻る。換気口などの隙間をガムテープでふさいで練炭を燃やしているが、瑞葉ちゃんは苦しがる気配もなく眠っているようだ。

「瑞葉ちゃん」

耳に唇を寄せて名前を呼んでも、ぴくりとも反応しない。

「久岡領子と大橋俊二が死んで、あと四人残ってるって言ったでしょ？　私の声が小さくて聞こえなかった？」

智巳と勢也と満利江と、あともう一人は誰かと訊かれたら、私は答えたかもしれない。

――それは新田瑞葉よ、と。

「要の絵は綺麗だったでしょう？　要は新しい環境に移る私へのエールとしてあの絵を描いたのに、それを瑞葉ちゃんが歪めたの。瑞葉ちゃんが妙な正義感に駆られたりしなかったら……。そのことが要へのいじめの原因になったとしたら、つきつめれば要を殺したのは瑞葉ちゃんよ」

口にしながら、違う、と思った。

私が本当に許せないのは私自身だ。

あの時、なぜ何もしなかったのか。瑞葉ちゃんを突き飛ばしてでも、なぜ止めなかったのか。

これは私を称《たた》えてくれる絵だと、なぜ胸を張れなかったのか。

「夏野の痣はどんな花よりも綺麗だよ」

要がくれたその言葉を、なぜ堂々と口に出せなかったのか。

……そう、本当の「もう一人」は、瑞葉ちゃんではなく、私……。

最初から、私は瑞葉ちゃんを憎んでなどいなかったのかもしれない。

私は私を殺したくて、でも、要のいない地獄への道程は一人では淋しくて、瑞葉ちゃんを道連れにしたかっただけかもしれない。

瑞葉ちゃんの胸は静かに上下し、唇はわずかな酸素を求めて呼吸を続けている。

――瑞葉ちゃん。

かたわらに身を横たえ、その身体を抱き寄せる。

温かい――そう感じた瞬間、せつないほどのいとおしさが心臓を貫いた。

手にした壜を、私はわずかに残された力をこめて明かりとりの窓に投げつけた。

窓ガラスは音を立てて割れた。

割れ目から少しずつ外気が流れこんできても、私はこのまま息絶えるだろう。

でも、瑞葉ちゃんは、もしかしたら。

もしかしたら……。

そのわずかな祈りだけしか、私はもう瑞葉ちゃんに返せない。

「ごめんね、瑞葉ちゃん」

涙がひとすじずつ、左右の目尻から耳へと伝い落ちた時、私は瑞葉ちゃんが細く瞳を開けていることに気づいた。

私を包みこむように微笑んでいることに。

「……片翅……綺麗……」

え?

「これで、いいよ」

いいの……?

「……いいよ」

ささやいた瑞葉ちゃんの唇が、私の最期の息をふさいだ。

第十一章　相続人の選択

桜の倒木が芽吹き、まっすぐに伸びて若木になり、つぼみをつける頃、あかちゃんもぐらが地面から顔を出した。

花びらのまゆの中で、カーヤはほほえんだ。

――待っててね、ヨー。もうすぐわたしも翅をひらいて、ふたたび蝶になる。

＊

鈴林夏野
新田瑞葉
笹塚智巳
米田勢也

これが、二十九年前の事件で亡くなった四人の名前だ。

少女二人と少年二人。

全員が高校二年生で、夏休みに鈴林家の別荘で集団心中した。

夏野と瑞葉と勢也が同じ高校で、智巳だけ高校が違う。夏野と瑞葉は同じクラスで、瑞葉と勢也は同じ天文部だった。

いや、集団ではなくふた組のカップルとして、それぞれ心中したのだ。少々特異なのはその組み合わせが少女同士、少年同士だったことだろうか。

当時はワイドショーや週刊誌が興味本位に書き立てたが、猟奇的な殺人事件がすぐに取って代わった。

メディアが取り上げなくなれば世間が忘れるのも早い。けれど、家族や親しかった者たちの中では事件は決して風化しない。

大森さんから受け取った封筒の中には、夏野の実母である由子さんが記事を切り貼りした大学ノートと、蘇芳色のスクラップブック、そして三十五年前のC区立第二小学校の名簿——昔はそんなものがあったのだ——が入っていた。

C区立第二小学校は夏野が五年生の二学期にひと月半だけ通った学校だ。名簿には全校生徒の氏名、住所、電話番号がクラスごとに並んでいる。保護者の名、その職業欄まである。個人情報などという言葉さえなかった時代なのだ。

五年一組に夏野の母方のいとこである高田要の名前を見つけた。

カナダにいる時、月に二度くらいの割合で要から夏野宛てに手紙が届いた。必ず角2封筒で、夏野はそれが届くのを心待ちにしていた。

幼稚な独占欲から、わたしは少し妬《や》いていたのだ。夏野はいくらせがんでもその中身を見せてくれなかったから。

五年二組には米田勢也、笹塚智巳、新田瑞葉の名前があった。八木夏野の名前はなかったが、転入生で、わずかな期間しか在籍しなかったのだから、名簿にのっていなくて当然だろう。

スクラップブックには、絵本の原稿が表紙から順番に、糊のでこぼこもなく丁寧に貼られていた。

タイトルは〈カーヤの翅〉、作者は〈春野もぐら〉。

片翅に蘇芳色のまだらを持つ蝶のカーヤは夏野で、眼鏡をかけたもぐらのヨーは作者の春野もぐらなのだろう。

――要――ヨー――毎月送られてきた角2封筒――花冠のエピソード――もぐら――〈M〉

――わたしの中で全部が結びついた。

春野もぐらは高田要で、要が毎月送ってきたのはこの原稿だろう。

夏野に写真を見せてもらったことがあるが、要は度の強そうな円い眼鏡をかけた繊細な感じのする男の子だった。

要の死を父から知らされた時、夏野はただ静かに、「教えてくれてありがとう」と言った。泣きもわめきもしなかった。

その後の夏野はそこにいても遠くにいるかのようだった。

触れていても、そこにはいないような気がした。

洋平を寝かしつけてから、「今日も又あの子ノ部屋を」ではじまるノートをひらいた。

最初のスクラップは〈N高原高校生四人心中事件〉の記事だった。さまざまな新聞や週刊誌からピックアップしたのだろう、似通った記事がいくつも貼ってある。

これをはじまりとして、記事は少しずつ時をさかのぼってゆく。

都内の女子高校生が駅の階段から転落して重傷を負ったというごく短い記事は「女子高校生」に下線が引かれ、余白に由子さんの手書きで山辺満利江という名前と「その後自殺を図るも、生還」「心中事件については完全に沈黙」などと書きこんである。

C区立第二小学校教諭の大橋俊二が民家で発見された事件の記事には、その家が「元子《もとこ》姉さんの家」であることが補足されているほか、数ページにわたってかなり詳しい記録がしたためられている。

大橋俊二は少し前から行方が分からなくなっており、母親から失踪届が出されていた。

彼は左胸と腹を包丁で刺され、口の中には久岡領子の右耳があった。

その約一か月前、第二小学校の家庭科室宛てに封書で人間の左耳が届いていたが、これは元家庭科教師・久岡領子の耳であることが判明している。久岡と大橋とは長く不倫関係にあって、久岡には——そして、なぜか新田瑞葉にも——その証拠写真が大量に送りつけられていた。

自宅浴室で久岡領子が死んでいるのが発見されたのは耳が送付された前日のことだ。由子さんのメモによれば久岡は休職中で、ひとり暮らしだった。夫とは離婚しており、一人息子は父親と暮らすことを選んだのだ。

死因は手首を果物ナイフで切ったことによる失血死。遺書と解釈できるメモが残されていたが、筆跡鑑定により偽造されたことが判明。

同時期に大橋が失踪したことで、はじめは大橋に疑いの目が向けられた。

しかし、旧高田家で大橋の遺体が発見されるや、俄然《がぜん》中原桐子が存在感を増した。不倫の証拠写真を送ったのは二人の元同僚教師である桐子であること、彼女がかつて要の祖母の書道教室の生徒だったことが分かったのだ。

桐子は天涯孤独の身の上で、都内のアパートで暮らしていたが、久岡の死と前後して部屋の賃貸契約を解除し、ほとんどの荷物を残したまま行方が分からなくなっていた。

部屋や持ち物から桐子のものと思われる指掌紋が採取され、現場から検出された指紋と掌紋のいくつかはそれと同一人物のものであると鑑定された。中でも旧高田家の居間の窓のクレセント錠と、大橋がつけていた腕時計のバンドの指紋が決定打になった。桐子のそれと同じＤＮＡ型を持つ毛髪も双方の現場から見つかった。

警察は桐子を重要参考人として行方を追ったが、足取りをつかむことはできなかった。

――ここまでは三十五年前の事件で、最後のスクラップ記事だけが、そのさらに六年前の記事になる。

笹塚智巳、米田勢也、山辺満利江による陰惨ないじめを受けた要が、小学校の家庭科室で自殺した事件だ。

由子さんはあっさりとその概要を書き流しているが、洋平がもしこんな目にあわされたらと思うとぞっとした。

目一杯両手を広げていれば、今はまだその中に洋平を守れる。しかしそれができなくなるのは時間の問題だった。子供の成長は大きなよろこびだが、不安は常にそれと表裏一体だ。

一瞬でも死を願うほどつらいことがあったら、もう二度とその場所へは行かなくていいのだとよくよく洋平には話しておかなければ。世界にはあなたが憩《いこ》える場所はいくらでもあるのだから……と。

翌年の三月十九日、中原桐子は遠く北海道内の警察署に「ご面倒をおかけします」と自首し、大橋・久岡両名を殺害したことを認めた。

動機は第二小学校勤務時代に、久岡には女性として嘲《あざけ》られた恨み。大橋には今でいうパワーハラスメントを受けたことと、教師の立場を利用して要をいじめぬいたことへの報復だという。大橋を旧高田家に呼びつけて殺したのは要に詫びさせるためだ。要を偲びに空き家となったそこを訪れた時、玄関に鍵が掛かっていないことを知った。

写真を瑞葉に送ったのは、夏野と一緒に要の事件をなぞりはじめた彼女の調査のベクトルを大橋と久岡に向けるためだったと桐子は言った。自分は二人を殺して逃亡するつもりでいたから、自分に代わって大橋と久岡の罪を世間に知らしめてほしかったのだ、と。

しかし、桐子の思惑に反して彼女たちは写真を警察に渡し、さらにはその夏、とりつかれたように死を選んでしまう。

由子さんの記録によると中原桐子は無期懲役の有罪判決を受け、服役が十八年を数える頃に病死した。

要の自殺に端を発し、当時の第二小学校関係者にこれだけ立て続けに不幸が起これば、由子さんが夏野の死に疑念を抱くのも無理はない。

それに、要をいじめた米田勢也や笹塚智巳と同じ時に同じ場所で心中をするのも腑に落ちない。同性愛者同士というシンパシーが生まれたのだろうか……。

〈今日も又あの子ノ部屋を整理できなかった。窓辺に置かれた鉢植エのコーヒーの**木**。**机**の上にはやりかけの宿題。**水**玉模様のノートと『枕**草**子』。花瓶の**水**もそのままだ。あの子が活けたエリカの花は、白もピンクも**両**方とっくに枯れたのに。いつまでもこんなんじゃだめだ、だメだと気ばかりセく〉

大森さんの事務所で見た時は悲しみと混乱のせいかと思ったが、太字には意味があるのかもしれない。こんな書き方をしているのは冒頭だけだ。

由子さんからのメッセージという認識で読み直し、不自然な表記をピックアップすると、太字になっているのが、順番に、木、机、水、草、水、両。——水が二回あるのはどう解釈すればいいだろう？

片仮名で書かれているのが、ノ、エ、リ、メ、セ。——「リ」は平仮名と片仮名が類似しているが、「やりかけ」のりはかなり直線的で「エリカ」のリと同形になっているから片仮名と考えてよさそうだ。

木。机。水。草。水。両。それに、ノ、エ、リ、メ、セ——。

何か意味のある文や言葉にならないかと、あれこれ並べ替えて書いてみたり、漢字を平仮名にほどいたり、ローマ字にしてみたりもしてみたが、解けない。

わたしは考えあぐねた末に、夏野と心中した新田瑞葉の両親に宛てて手紙を書いた。

突然の非礼を詫び、自分が鈴林夏野の異母妹であること、今更と思われるかもしれないが、二十九年前の心中事件について話をうかがいたいこと、実は夏野の実母が亡くなり、事件について調べ直してほしいと託されたこと、自分は事件当時子供だったので、知らないことが多すぎること、同じ頃にC区立第二小学校の関係者の間に多発した事件についても、できれば情報が欲しいこと――。

これを第二小学校の名簿に記載された住所宛てに送った。本音を言えば瑞葉の家族がすでにそこにいないことを期待していたが、封書が宛先不明で戻ってくることはなく、二週間ほどして佳苗さんという瑞葉の妹から返事が届いた。

〈姉がああいう形で死んだことで、当時は口で言えないような思いもしました。はっきりいって思い出したくありません。事件に関してこちらからは何も申し上げることはありませんが、代わりに幼なじみを紹介することができます。

今回のことでも彼女に相談しました。彼女は、夏野さんの死の真相を知りたいというあなたの気持ちも分かるし、あなたは「名前にRのつく人」だから、自分が代わってあなたの質問に答えてもいいと言ってくれました。

田中真美さんといって、少女時代、夏野さんに憧れていたのです。また、彼女のお兄さんは刑事で、大橋俊二の事件を担当していたはずです〉

必要があれば真美に転送しますと、メアドが記されていたほか、一冊のノートが同封されていた。

〈姉が遺した日記です。合宿に行く前に姉から預かったものです。誰にも見せないで隠しておいてほしい、と。

その言葉を守り、私は両親にもずっと秘密にしていました。返却の必要はありません。ご参考になれば〉

ノートはもう長いこと閉じられたままだったのだろう、ひらくとぱりぱり音を立てた。

〈四月六日　始業式。うれしいことがあった。夏野ちゃんに再会。カナダから帰国してうちのクラスに編入したのだ。八木から鈴林に名字が変わっていて、息をのむくらい綺麗になっていた。まさに羽化だ。帰り道、夏野ちゃんの方から声をかけてくれて、たくさん話した。……〉

〈四月十六日。夏野ちゃんが高田要の事件について調べたいと言う。あれは本当にひどい事件だった。加害者の誰も罰を受けなかったことが今でも信じられない。……〉

〈四月十九日。中原桐子先生と会う。第二小で唯一ちゃんとした先生だったと改めて思う。……〉

〈四月二十七日。分厚くて重たい封筒が届いた。うちのポストに直接入れたらしい。中身は大橋と久岡の情事を盗撮した何十枚もの写真だった。……〉

〈五月十二日。夏野ちゃんと一緒に久岡領子に会いに行く。……〉

〈五月十六日。第二小の家庭科室に人間の耳が送られてきた。……〉

罫線にきっちりとそった横書きの日記は七月二十四日で唐突に終わっている。最後となるその日の記述だけはよく分からないのだが、それ以外は夏野と再会してからの日々の出来事が、自分に酔わない、感傷に溺れない文体で綴られていた。

〈五月十七日。夜、夏野ちゃんと一緒に警察に行く。つきそいは淳くん。事情を説明し、例の写真を提出。夏野ちゃんはやはり本当に高田要のいとこだった。久岡の死体が自宅浴室で発見されたと聞き、驚く。手首が切られていたそうだが、自殺か殺人か?……〉

〈六月十五日——と書いたけれど、実はもう七月だ。あの日のことを書くには時間が必要だった。最後まで書けるかいまだに分からないが、だめだったらすぐにやめよう。梅雨《つゆ》の晴れ間のあの日、要の形見が残っていないか確認したいという夏野ちゃんと一緒に、彼が生前住んでいた家に行った。……〉

〈七月二十四日。雨。〉

最後の日付の、そのあまりにそっけない記述が引っかかった。由子さんの大学ノートを見返すと、山辺満利江が事故に遭ったまさにその日のことだと分かった。

佳苗さんに橋渡しを頼んだ。わたしのメアドを知らせると、数日後、真美さんから直接メールが届いた。

〈実は心中事件については当時から自分なりの考えを持っていました〉

真美さんからの長いメールはそんな文面ではじまっていた。

〈瑞葉さんの隣のクラスに、ひどいいじめを受けて自殺した高田要さんという男子生徒がいることはすでにご存じでしょうか。いじめは不特定多数の生徒たちによってずっと続けられていたようですが、自殺の直接の原因となった、口に出せないような行為は、笹塚さん、山辺さん、米田さんの三人によってなされました。

正義感の強い瑞葉さんは昔から笹塚さんと米田さんをきらっていました。何かしらのたくらみがない限り、この二人と行動をともにするなんて考えられません。

兄から聞きましたが、夏野さんは高田さんのいとこだったんですよね。

余命いくばくもない――ワイドショーでさかんに言っていましたね――ことを自分でも知っていた夏野さんは瑞葉さんの協力を得て笹塚さんと米田さんを別荘に誘い、彼らを心中に見せかけて殺したあとで、瑞葉さんと一緒に死んだのでしょう。

本来は山辺さんも殺されなければなりませんが、彼女は駅のエスカレーターから転げ落ちて大怪我を負った上、入院先の病院で自殺を図り、その時は昏睡《こんすい》状態にありました。

因《ちな》みに山辺さんは自殺未遂から二週間後に覚醒しました。長いリハビリをへてどうにか普通の生活に戻り、通信制の高校を卒業し、現在は結婚してお子さんがいます。

これもずいぶんあとから兄に聞いたことですが、捜査員の中には、笹塚さんと米田さんは瑞葉さんと夏野さんによって自殺を強要されたのではないかと疑う向きもあったそうです。

笹塚さん、米田さんは高田さんをいじめて死なせたのですから、夏野さんは二人を憎んでいたと見るのが普通です。

何気ない顔で別荘に誘いながら、その本心では殺意を抱き、たとえば人には見せられないような二人の写真などを使って脅迫し、死を選ばざるを得ないように追いこんだのではないか……？

もちろん憶測の域を出ません。瑞葉さんと夏野さんが亡くなっている以上、立証は不可能です。

さらには、笹塚さんと米田さんを殺害した後で心中に見せかける工作が施された可能性にさえ言及がなされたものの、これについて検証されることはありませんでした。

センシティブな事案ですし、そもそも殺人を自殺に偽装するのは多くの場合つかまりたくないからで、死ぬ覚悟があるなら殺しっぱなしでいいのですから。

けれど――佳苗には口が裂けても言えませんでしたが――わたしはずっと、夏野さんと瑞葉さんが笹塚さんと米田さんを殺したのだろうと考えていました。教唆《きょうさ》したという意味ではなく。心中を偽装したのは残される家族のため。殺人者の肉親にしないためだったんでしょう。瑞葉さんは夏野さんの命が長くないことを知って、ともに復讐し、ともに死ぬことを選んだのだと思います。

二人はガレージを封じて練炭を焚《た》き、睡眠薬を飲み、抱き合って眠りについたのです〉

夏野がその手で要の復讐を遂げたとしても、わたしは意外には感じない。たおやかで優しかった夏野の胸には、幾重にも花びらでくるんで、静かな激しい火が秘められていたと思うからだ。

夏野の死因は心不全。

瑞葉は鼻がつまっていたのに、苦しんだ痕跡すらもなく、夏野の唇に唇を重ね、自らの呼吸をふさいでこときれていたという。

もし――と考えるのは意味のないことだろう。もし口から酸素をとり入れることができていたら彼女だけは助かったのかもしれない、などと、彼女が選ばなかった可能性に思いを向けることは。

夏野を抱きしめて果てた彼女は夏野の運命に殉じたのだ。

大森さんの助力を仰いで手続きをすませ、年内には正式に遺産を相続した。

大橋の事件のためだろうか、旧高田家とその両隣の土地はマンション建設の区画から外れた。両隣は翌年には時間貸しの駐車場になったが、由子さんはずっと空き家のままにして、手放すことはなかった。わたしへの譲渡を決めると、ようやく更地にしたのだという。

わたしはこれを売却して相続税を払い、洋平の気持ちを確認した上で、三月末に彼女の住んでいた神奈川県のマンションに引っ越すことを決めた。お世話になった管理人の野村さんとの別れは淋しかったけれど。

三月末としたのは、中途半端な時期に転校するより三年生になるタイミングの方がいいという洋平の希望があったし、わたしもその方がスムーズに教室を変われるからだ。勤めている塾は神奈川県が本拠地で、新年度からそっちの教室へ異動できることになった。

〈いとこの息子の名付けを頼まれました。断ったのに、どうしても、というからいくつか候補を挙げたら画数が悪いとダメ出し。最初から占い師にでも頼め！〉

真美さんがめずらしく怒り気味にそんなLINEを送ってきたのは、引っ越しから二度目の夏が過ぎ、由子さんの命日が近づいたある日のことだった。子供の頃は霊感が強かったという真美さんは、今でも時折そういう頼みごとをされるらしい。

お礼のメールを送ったのをきっかけに、真美さんとは夏野の思い出話などを何度かやりとりした。今では気軽にLINEを取り交わすようになっている。

わたしは『万葉集』の〈詠み人知らず〉の歌をもとに掌編小説をつくり、ハンドルネーム〈とさか〉で投稿サイトにアップしているのだが、真美さんはそれもすぐにフォローしてくれた。閲覧数は少なく、コメントをくれるのは真美さんともう一人、YOKUTOくらいだ。

第一回から読んでくれているYOKUTOは国文畑の人だろうと推測していたが、ブログを訪問してみると手作りおやつがテーマで、和菓子も洋菓子も独創的な上に驚くほど完成度が高い。人気ランキングの常連であり、わたしのコメントなど埋もれてしまうのだが、YOKUTOは必ずすくいあげて丁寧な返事を書きこんでくれた。

顔も素性も知らないが、話題や言葉の選択などから想像するに、わたしより年上だろう。文が人を表すならばユーモアがあって温かく、素朴で愛嬌がある――そんな人柄だ。ＹＯＫＵＴＯともメアドを教え合っていた。

真美さんは収まらないのか、続けて長文が届いた。

〈名前の画数なんて、習字やテストの時に面倒かどうかって以外気にしたことはなかったけど、ちょっと調べてみました。ふうんという感想しかないけど、たとえば里花さんの「花」のくさかんむりは草の本字である「艸」と考え六画で数えたり、洋平くんの「洋」のさんずいは「水」からきているので四画としたり、独得のルールがあるみたいです。ただしこれも流派（って何）によって違うとか〉

――くさかんむり――草――さんずい――水――。

わたしの目線はいつしかスマートフォンの画面を離れ、宙をさまよいはじめた。

――木、机、水、草、両、もう一つ水、片仮名のノ、エ、リ、メ、セ……。

――木、机、さんずい、くさかんむり、両、さんずい、ノ、エ、リ、メ、セ……。

立ち上がったわたしは、書類や紙類を入れている抽斗から角1封筒を引っ張り出し、大学ノートをひらいた。

〈今日も又あの子ノ部屋を整理できなかった。窓辺に置かれた鉢植エのコーヒーの**木**。**机**の上にはやりかけの宿題。**水**玉模様のノートと『枕**草**子』。花瓶の**水**もそのままだ。あの子が活けたエリカの花は、白もピンクも**両**方とっくに枯れたのに。いつまでもこんなんじゃだめだ、だメだと

気ばかりせく〉

やりかけの宿題を机上に出しっぱなしなんて、何事も丁寧だった夏野らしくない。『枕草子』というタイトルを——ひいては「草」の文字を——出したいがための由子さんの創作と解釈すべきだろう。エリカも「やりかけ」のリの字が片仮名であることを示すために選んだ花なのだ。「水玉模様のノート」も……。

メモとペンを取り、木、机、草、両、水を二つ、片仮名のノ、エ、リ、メ、セの十一文字を書く。草をくさかんむりに、水をさんずいに変える。見落としがないかと、もう一度ノートの冒頭を読み返す。

不自然とまでは言えないが、接続詞の「又」は平仮名表記が一般的ではないだろうか。太文字と呼べるかどうか微妙な太さではあるが、これも一応加えることにする。

又の文字を書き足し、改めてメモを眺めた時、太い赤字で「殺」という漢字が浮かび上がって見えた。

そう、メと机と又で「殺」ができる。

この三文字を除くと、木、両、くさかんむり、さんずいが二つ、片仮名のノ、エ、リ、セ。

もちろん厳密には違うが、さんずいとくさかんむりと両を組み合わせて「満」、ノと木とリで「利」、さんずいとエで「江」。そしてセの字が残る。

愕然とした。

たった五文字を並べ替えてみるまでもない。

満利江殺セ

由子さんが本当に伝えたかったのはこれなのだ。〈N高原高校生四人心中事件〉を調べ直せというのはそのカムフラージュだ。

わたしが調べなくても由子さんは徹底的に調べて夏野の殺意をつきとめていた。

あれから長い歳月が流れ、山辺満利江だけが生きている。昏睡から蘇生して、夏野には叶わなかった結婚をして子供を産み、この世の、この時代の、この国の、普通の幸福の中で今も暮らしている。

由子さんにとって、それは許しがたいことだったのだ。

山辺満利江を殺すこと、夏野に代わって復讐を完遂すること。それこそが、由子さんがわたしに——夏野の妹といっても由子さんにとって他人にすぎないわたしに——課した相続の真の条件だった。

それができるものなら由子さん自身で殺すつもりだったのかもしれない。しかし、病に蝕《むしば》まれた身体には叶わない。

だから、わたしに託した——遺産を対価として。

もちろん実行しなかったからといって遺産を取り上げられたりはしない。それで由子さんが化けて出たとしても、真美さんならいざ知らず、わたしには見えもしないだろう。

けれど、遺産を受け取った以上は——その恩恵で、由子さんの遺したマンションで、以前より遙かに楽で豊かな暮らしをしている以上は——気づかなければよかったのに、織りこまれたメッセージに気づいてしまった以上は――無視を決めこむわけにはいかない。

わたしは冷蔵庫から白ワインを出してグラスにそそぎ、呷《あお》った。こんな飲み方をしたっておいしいわけがない。

「夏野お姉ちゃん」

久しぶりに声に出して姉を呼んだ。

「わたしにどうしてほしい？　山辺満利江を殺してほしい？」

少女のままの夏野の面影は静謐《せいひつ》の中で微笑むばかりで何も答えてはくれない。


山辺満利江は根を下ろしたように、ずっと東京都C区に住んでいる。山辺家は帯屋を営んでいたが、満利江の親の代でたたみ、ちょっとした料亭風だった実家は小規模のビルに建て替えられた。

一階に安価なチェーン店のクリーニング屋を入れ、二階は満利江の夫が院長である整体院になっている。山辺整体院というから、満利江の名字は変わっていないのだろう。三階に満利江とその家族、面積が半分になる四階に満利江の両親が暮らしているらしい。

真美に教えてもらったインスタグラムを見たところ、子供は男の子で、洋平と同じ小学校四年生だった。一応匿名にしているものの、あきれるほどガードが甘く、プロフィールや写真で自爆的に身元を晒しているのだ。

洋平が学校へ行っている間に、わたしはその町を訪れて満利江の自宅を探した。一軒家はほとんど見られず、マンションと小規模のオフィスビルが混じり合って建つ地域だ。

ビルとビルに挟まれた小さな公園の前を通った刹那、金木犀《きんもくせい》が強く香った。

公園の斜め向かいに山辺ビルはあった。クリーニング店はガラス張りで、カラフルな広告文字が毒々しく躍り、整体院の窓は黄ばんだブラインドで覆われている。

公園のベンチに腰掛け、上体をひねるようにして山辺ビルの入り口を見つめた。

毎日のようにアップされる写真は明らかに加工されているので、実物の満利江をこの目で見ておきたかった。こうして待っていれば、いずれ現れるだろう。

昨夜、思い余ってＹＯＫＵＴＯにこんなメッセージを送った。

〈実行すべきかどうか迷っていることがあります。ＹＯＫＵＴＯさんなら、こんな時はどうしますか？〉

茫漠《ぼうばく》としすぎて相談にもなっていない。わたしならこんな文面を送られても困る。ＹＯＫＵＴＯもさぞ困惑しただろうが、わずか一時間ほどでこんな返信がきた。

〈迷っているならやった方がいいと思います。私事になりますが、昔、迷いあぐねた末にやめて、後悔したことがあります〉

やるべきか、やめるべきか。思考を停止してＹＯＫＵＴＯの返事に従おうと思った。おみくじ的にＹＯＫＵＴＯを使ったその結果は「実行」ということになるのだが……。

水色のランドセルをしょった小太りの男の子と、ルイ・ヴィトンのボストン型バッグを肩にかけたウェーブヘアの女性が手をつないで目の前の歩道をよぎったのはその時だった。

――山辺満利江？

モノグラムのスカーフを結んだそのバッグをインスタグラムで見た覚えがあった。二人はゆっくりと横断歩道を向こう側へ渡り、山辺ビルの方へと足を向けた。用事でもあって学校を早退したのだろうか。

ひとことでも話がしたい。バッグから出したハンカチをにぎりしめて立ち上がり、わたしは走って通りを渡った。

ロングスカートなので分かりづらいが、女性は軽く足を引きずっている。

「あの」

声をかけると、女性と男の子は同時に振り向いた。その瞬間、一台の自転車がかなりのスピードで脇をすり抜けていった。

わたしもよろけてしまったが、女性は尻もちをついた。

「大丈夫ですか?」

接触はしなかったと思うのだが。

「待て！　ママに謝れ！」

男の子が走って追いかけたが、自転車の方が遙かに速い。いきなりのことで、わたしもそれがどんな自転車でどんな人が乗っていたか見ていなかった。

「まぁくん、いいから！　戻っておいで！」

女性はバッグを肩にかけ直し、さしだした手を無視して立ち上がった。その右手はシルクの黒い手袋をはめている。

「やあね、最低！——まぁくん！」

息子を呼ぶときだけ鼻にかかった声になる。

「あ、ねえ、何か言いました？」

「これ、落とされませんでした？」

女性は胡散《うさん》くさそうな、また、あきれたような視線をハンカチとわたしに交互に向けた。ハンカチは洋平が幼い頃のもので、機関車のキャラクターがプリントしてある。よりによって今日はこんなハンカチを持ってきていたのだ。

「うちの子のじゃないわね。もうそういうのは持たないのよ」

女性は顔の左半分が歪んで、引き攣《つ》れている。粉を吹くほどファンデーションを塗り、チークも濃いが、左の頬を斜めに走る傷跡を隠せてはいない。

「ママ！」

男の子が駆け戻って女性にしがみついた。

「ママ、けがしなかった？　痛くない？」

「ママは大丈夫よ。ありがとね、まぁくん」

男の子は泣きそうな顔で女性にしがみついた。ランドセルの脇に手作りらしい給食袋が揺れている。M・YAMABEとアップリケが施してある。

「山辺、満利江さん？」

女性は——満利江は、

「え？」

と言って、眉頭までくっきりと濃く描いた眉をいぶかしげにひそめた。

男の子は満利江のスカートをにぎったまま振り返り、隙間のある前歯で唇を嚙みしめてわたしを睨んでいる。まるでわたしが満利江を突き飛ばしたかのように。確かに、わたしが声をかけたせいなのかもしれないが。

洋平と同い年にしては身体が大きいけれど、円くふっくらした顔はきかん気そうで、とても幼く見えた。

「もしかして第二小のお母さん？　そういえばどこかでお会いした？　同じクラスじゃないですよね？」

「……ええ、同じクラスではありません……」

わたしは上の空で答えた。呪いでもかけようとするような「まぁくん」の瞳から目をそらすことができずに。

母親を傷つけるものは誰であろうと許さない――その圧倒的な主観だけが彼の思考の核であり、すべてなのだ。

「息子さん、お名前は？」

「まさむねだけど？」

「――まさむねくん、ごめんね」

わたしは逃げるようにそこを去った。

――わたしにはできない。満利江を殺せない。彼から母親を奪えない。

はっきりと、それだけが分かった。

わたしは由子さんの遺産を受け取る資格を失ったのだろう。使った分を今更返すことはできないし、返す先もないが、せめてこれ以上は手をつけずに生活しよう。もっともっと働いて。

今すぐ、無性に、洋平に会いたかった。あのとりとめのない――終わりもない――滔々《とうとう》とあふれだすおしゃべりを聞きたくてたまらなかった。

塾から帰ると、マンションの少し手前に停車していた白い車から大男がぬっと降りた。

熊のような、トトロのようなシルエットがなつかしすぎて、わたしは息をつめて立ち尽くす。

満月と街灯の朧《おぼろ》な光の中に、その姿が浮かび上がる。大きな四角い顔と太鼓腹。十五年前に比べて額が広がった気がする。皺も増えたのかもしれないが、この薄暗がりではそこまでは分からない。カモメみたいにつながった眉が眼鏡のフレームに隠されて、いかつい鼻の下に少し髭を生やしている。

これほど気のいい人が、どうしてこれほど堅気に見えない外貌なのだろう。この人を見るたびにいつも疑問だったことが、十五年ぶりに顔を見てもやはり浮かんだ。

「やあ」

わたしを見て片手をあげる。十五年ぶりに会ったというのに、まるで昨日も一昨日も親しく言葉を交わしていたかのように。

心臓が止まるくらい突然現れたくせに、まるで十五年前からここで会う約束をしていたかのように。

「神谷先生……?」

神谷淳平――小学校から大学院まで、十八年にわたる学生生活の中で恩師と呼べるのは彼だけだ。

五年前、千葉県にある大学で教授になったことは知っていた。

「やあ、って何ですか？　ここで何してるんです？　わたしが誰だか分かりますか？」

「やあっていうのは挨拶で、わたしはきみを待っていた。そしてきみは八木里花くんだろう」

「――変わってないですか、わたし」

「変わっていようといまいと、八木くんは八木くんじゃないか。何年たとうと分かる」

「わたしに何か用事ですか？」

わたしは洋平を気にしてマンションの窓を見上げた。洋平は必ずわたしを待って、一緒に食事をとる。

「うん。メールで訂正してもよかったんだが……顔を見ないと心配で」

「メール？」

「迷っているならやった方がいい、なんて送っちゃっただろう？　何を迷っているかも知らずに無責任だったなって。もしきみが自殺でもしたらと思いはじめたら、いても立ってもいられなくなった」

「自殺なんてしませんけど――〈ＹＯＫＵＴＯ〉って、まさか、先生だったんですか？」

「ええっ！　きみ、気づいてなかった？」

先生はさも意外だという表情になる。

「ご年配の女性だとばかり。先生はどうして――」

「〈詠み人知らず〉はきみの研究対象だし、どう読んでもきみの文体だし、〈とさか〉っていうのもきみの……」

里花を「さとか」と読んで入れ替えたのだ。

「先生の〈ＹＯＫＵＴＯ〉はどこから？」

「よく言えばトトロ。そう言いはじめたのはきみだろ？」

「……わたしです」

友人たちは最初、どこをどう見てもそんな可愛いものじゃない、と否定した。

「それより、どうしてここが分かったんですか？」

「実は姪から聞いて」

先生は新田瑞葉と佳苗姉妹の叔父だという。一連の事件にも若干かかわったことがあり、わたしが手紙を送った際、佳苗さんから相談を受けた。

夏野にも会ったことがあって、わたしが夏野の異母妹と知ってとても驚いたというのだ。——驚いたのはこっちだ。

わたしとしては瑞葉の日記を預かっている感覚なので、返してほしい時にいつでも言ってこられるよう、佳苗さんに転居を知らせる葉書を送った。それが先生に伝わるなんて想像もしなかった。

「お騒がせしました。どうするかはもう決めました」

「それはよかった。何ていうか、晴れ晴れした顔をしてる」

温かなまなざしに、わたしはこみあげるものを抑えながら、

「先生、昔からお菓子作られてましたっけ？　いろいろ取り寄せていたのは知ってますけど」

「いや、ここ十年くらいかな。ひとり暮らしばかり長くても料理の腕はさっぱりだが、こっちは

われながら才能があったな」

「もしかして離婚されたんですか？　それとも別居？」

学生時代から、先生が相手だとわたしはかなり不躾《ぶしつけ》になる。

「結婚もしないのにどうやって離婚するんだ？」

「え？　破談になっちゃったんですか？」

「破談の前提になる状態になったことがないが……」

「婚約したって噂が」

「わたしが？」

「はい」

「いつ？　どこで？　誰と？」

「大学を移られてすぐ、地元の名士のお嬢さんと――」

「人違いだな、それは」

ふざけているのか大真面目なのか、つかみどころのなさも昔のままだ。

「そういう八木くんは？」

「シングルマザーです。小四の息子がいます」

「息子さんが待ってるのか？　それじゃあすぐ帰らないと。引きとめて悪かったな。風邪ひくなよ」

「先生こそ、メタボに気をつけて下さいね。あ、手遅れですね」

「こう見えても数値はいいんだ」

「油断は禁物ですよ。お菓子、作りすぎたら連絡下さい。息子と食べに行きます」

「千葉だから遠いぞ。ああ、そうか、こっちから届ければいいんだ」

「本当ですか?」

「今なら配送料無料、毎月便か隔週便か毎週便が選べる」

「じゃあ……隔週便で」

きっと、そのくらいがちょうどいい。おたがい人生の折り返し地点を過ぎて、終着地へとゆっくり下ってゆくのに、あせる必要はないのだから。

「……まずいなあ。本気にしそうだ」

「本気です。先生こそ嘘ついたんですか」

「わたしはいつだって真面目だ」

真面目と言いながら先生は笑顔になる。ごつくて、もふもふしていそうで、少しいびつで、愛嬌があって、トトロのような——。

あの頃には目をそむけていた本当の気持ちを——あまりにも単純な気持ちを自分に許すよりも早く、わたしは先生の腕に包まれていた。

もしかしたら、わたしがしがみつく方が先だったかもしれない。そんなことはどっちでもよかった。

「会いたかったです」

「わたしもだ」

目を閉じると、先生の鼓動が強く、深くなった。

「先生がやらなくて後悔したことって何?」

「内緒だ」

「ダイエット?」

「全然違う」

——洋平が待っている。

だから、あともう少し。もう少しだけ、この強く深い心音を。

横顔を埋めた先生の胸は温かく、砂糖と焦がしバターの匂いがした。

本書は書きおろし作品です。

蝶《ちよう》の墓《ぼ》標《ひよう》

2023年5月31日　初版

著者
弥生《やよい》小夜子《さよこ》

装画
山田 緑

装幀
西村弘美

発行者
渋谷健太郎

発行所
株式会社東京創元社
〒162-0814 東京都新宿区新小川町1-5
03-3268-8231（代）
http://www.tsogen.co.jp

ＤＴＰ
キャップス

印刷
萩原印刷

製本
加藤製本

ISBN978-4-488-02892-3　C0093

もうひとつの『レベッカ』

MY COUSIN RACHEL◆Daphne du Maurier

レイチェル

ダフネ・デュ・モーリア

務台夏子 訳 創元推理文庫

◆

従兄アンブローズ――両親を亡くしたわたしにとって、彼は父でもあり兄でもある、いやそれ以上の存在だった。

彼がフィレンツェで結婚したと聞いたとき、わたしは孤独を感じた。

そして急逝したときには、妻となったレイチェルを、顔も知らぬまま恨んだ。

が、彼女がコーンウォールを訪れたとき、わたしはその美しさに心を奪われる。

二十五歳になり財産を相続したら、彼女を妻に迎えよう。

しかし、遺されたアンブローズの手紙が想いに影を落とす。

彼は殺されたのか？　レイチェルの結婚は財産目当てか？

せめぎあう愛と疑惑のなか、わたしが選んだ答えは……。

もうひとつの『レベッカ』として世評高い傑作。

アメリカ探偵作家クラブ賞YA小説賞受賞作

CODE NAME VERITY◆Elizabeth Wein

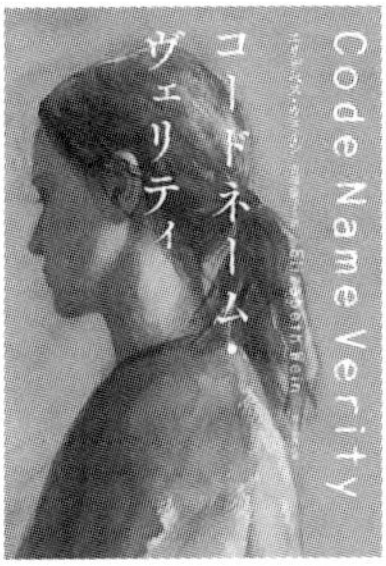

コードネーム・ヴェリティ

エリザベス・ウェイン
吉澤康子 訳 創元推理文庫

◆

第二次世界大戦中、ナチ占領下のフランスで
イギリス特殊作戦執行部員の若い女性が
スパイとして捕虜になった。
彼女は親衛隊大尉に、尋問を止める見返りに、
手記でイギリスの情報を告白するよう強制され、
紙とインク、そして二週間を与えられる。
だがその手記には、親友である補助航空部隊の
女性飛行士マディの戦場の日々が、
まるで小説のように綴られていた。
彼女はなぜ物語風の手記を書いたのか？
さまざまな謎がちりばめられた第一部の手記。
驚愕の真実が判明する第二部の手記。
そして慟哭の結末。読者を翻弄する圧倒的な物語！

アメリカ恐怖小説史にその名を残す
「魔女」による傑作群

Shirley Jackson

シャーリイ・ジャクスン

丘の屋敷

心霊学者の調査のため、幽霊屋敷と呼ばれる〈丘の屋敷〉に招かれた協力者たち。次々と怪異が起きる中、協力者の一人、エレーナは次第に魅了されてゆく。恐怖小説の古典的名作。

ずっとお城で暮らしてる

あたしはメアリ・キャサリン・ブラックウッド。ほかの家族が殺されたこの館で、姉と一緒に暮らしている……超自然的要素を排し、少女の視線から人間心理に潜む邪悪を描いた傑作。

なんでもない一日

シャーリイ・ジャクスン短編集

ネズミを退治するだけだったのに……ぞっとする幕切れの「ネズミ」や犯罪実話風の発端から意外な結末に至る「行方不明の少女」など、悪意と恐怖が彩る23編にエッセイ5編を付す。

処刑人

息詰まる家を出て大学寮に入ったナタリーは、周囲の無理解に耐える中、ただ一人心を許せる「彼女」と出会う。思春期の少女の心を覆う不安と恐怖、そして憧憬を描く幻想長編小説。